여성복은 아직 만들어지지 않았다

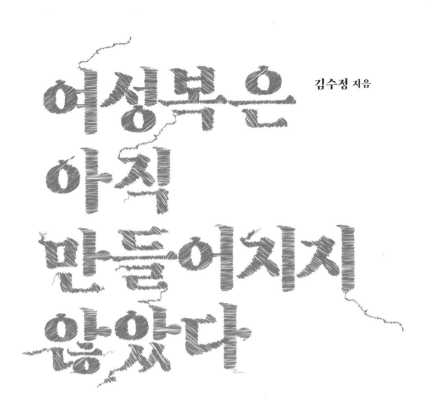

김수정 지음

여성복은 아직 만들어지지 않았다

인형에서 여성,
여성에서 사람으로

여성복 기본값
재설정 프로젝트

시공사

차례

일러두기

외래어 표기법을 따르되, 의류업계에서의 관용적 표기와
괴리가 큰 경우 관용적 표기를 앞서 병기했다.

예시: 브라탑(브라톱), 수트(슈트), 택(태그), 후크(훅)

프롤로그:
이 책을 쓰게 된 이유

이 책을 쓰게 된 이유를 설명하려면, 여남 공용 브랜드 퓨즈서울을 만들게 된 이유부터 설명해야 할 것 같다. 명백한 여성 혐오 범죄인 2016년 5월 강남역 화장실 살인 사건을 계기로 나 역시 페미니즘에 눈을 뜨게 됐다. 마음속에 '항변'의 불씨가 생겨났고, "나는 오늘도 운 좋게 살아남았다"는 문장이 불씨의 잔재처럼 오래도록 남았다.

그로부터 2년 뒤 한 아이돌 그룹의 멤버가 폰 케이스에 적힌 문구 'GIRLS CAN DO ANYTHING' 때문에 저격당하는 모습을 보며, 마음속 불씨가 타오르기 시작했다. '소녀는 무엇이든 할 수 있다'는 문구가 뭐가 그렇게 논란이 될 일인가? 복종하고 순종해야 할 소녀가 '무엇이든 할 수 있다'고 하니까 그렇게들 화가 난 건가? 그래. 그러면 내가 더 화나게 해주지. 나는 생각을 바로 행동으로 옮기는 사람이니까. 곧장 같은 문구를 대문짝만하게 박은 티셔츠를 제작했고, 그해 여름 동안 1만 장을 팔았다. (수익금 중 일부인 천만 원가량은 여성 단체에 기부했다.)

왜 그때서야 알게 된 걸까? 가까운 친구 중 하나는 페미니스트였다. 그것도 아주 오래전부터. 온라인 커뮤니티를 달구는 페미니즘 담론을 부지런히 찾아 읽으며, 친구와 만날 때마다 이야기를 나누었다. 하나둘 아는 게 늘어갈수록 단순히 티셔츠를 판매하는 것만으로는 부족하다고 느꼈다. 옷을 만들고 파는 게 일인 나에게 '탈코르셋'은 더욱 관심이 가는 이슈였다. 그러나 평소 옷에 대해 잘 안다고 자부했던 나조차도 막상 탈코르셋을 실천하자니 이게 참 어려웠다.

'그냥 남성복이나 바지 입으면 되는 거 아니야?'라고 생각할 수도 있겠지만, 여자와 남자의 신체 차이 때문에 남성복을 그대로 입으면 당연히 불편하다. 그렇다고 여성복 바지 역시 대안이 되지 못한다. 내 경우만 봐도 그랬다. 타이트한 바지는 앉아서 일할 때도 밥을 먹을 때도 복부를 압박했고, 짧은 밑위(허리선부터 엉덩이 부위 아래 선까지

의 길이)는 질염을 일으키기 일쑤였다. 때문에 인터넷상에서도 "바지보다 원피스가 더 편하다"며 바지를 입자는 주장을 못마땅해하는 의견이 있었다. 마땅한 선택지가 없어 탈코르셋을 시도할 수 없는 상황에 답답함을 느끼는 날들이 이어졌다.

　그러던 어느 날 남동생 바지를 우연히 입게 됐는데, 거짓말 하나 안 보태고 정말 안 입은 것처럼 편했다. 그때까지만 해도 나는 세상 모든 사람들이 다 그렇게 불편함을 감수하면서 바지를 입는 줄 알았다. 왜지? 생긴 건 여성복과 크게 다를 바 없는데. 그때부터 여성복과 남성복의 차이점을 찾기 위해서 수많은 샘플을 확보해 일일이 비교하기 시작했다. 내가 찾은 둘의 결정적 차이는 이렇다. 남성복은 착용자가 '활동성이 많은 사람'이라는 전제하에 만들어진다. 그래서 여유분이 항상 많다. 반면에 여성복은 활동성보다는 보여지는 '라인'에 초점을 두고 제작된다.

　그렇다면 남성복의 장점은 그대로 가져가고 여성의 몸에 맞게 줄여서 제작하면 어떨까? 나는 여성의 신체적 특성을 고려해 남성복 패턴을 수정한 뒤, 바로 남성복 공장에 들고 가서 제작을 요청했다. 그렇게 나온 샘플 바지를 착용했을 때 받은 충격을 나는 아직도 잊지 못한다. 샘플 바지를 처음 입고 나간 날에는 다섯 걸음마다 한 번

씩 아래를 내려다봤다. 바지 입는 걸 깜빡했나 싶을 정도로 편했기 때문이다! 착용감만 뛰어난 게 아니었다. 원단인 리넨에 워싱 가공을 해 기계 세탁이 가능하도록 내구성을 높인 데다, 1~2회 박음질이 일반적인 여성복과 달리 2~3회 박음질하여 격한 움직임에도 쉽게 이음매가 터지지 않게 했다. 보세(브랜드 없이 도매 시장에서 유통되는 의류) 여성복과 도매가는 비슷했지만 기능 면에서는 비교가 안 됐다.

이제 파는 일만 남았다고 기뻐했는데, 내가 미처 생각하지 못한 문제가 있었다. 우습게도 당시 내가 운영하고 있던 쇼핑몰이 페미니즘과는 거리가 먼, 말 그대로 '코르셋'으로 가득한 곳이었기 때문이다. 이곳에서 탈코르셋을 표방하는 바지를 팔게 되면 대안을 찾으러 온 사람들에게 코르셋을 전시하는 것이나 다름없었다. 그러나 기존 쇼핑몰은 이미 안정권에 오른 터라 별도 광고 없이 상품만 올려놓아도 일정한 매출이 계속 나오고 있었고, 초기 비용을 크게 들이지 않고 상품을 노출할 수 있는 장점을 포기할 수는 없었다.

여성복의 문제점을 개선해 제작한 상품들을 기존 쇼핑몰의 한 라인으로 판매하는 것이 내 나름의 타협안이었다. 처음엔 반응이 정말 뜨거워서, 편안하고 실용적인 의류에 목말라했던 사람들의 갈증을 해소해준 것 같았다. 그러나 코르셋을 전시해야 한다는 자괴감과 죄책감이 나를 끊임없이 짓눌렀다. 쇼핑몰의 대표이긴 했어도 다른 유통업체와 맺은 계약 관계 때문에 콘셉트를 마음대로 바꿀 수 없는 처지였다. 그러나 긴 고민 끝에 분리가 답이라는 결론에 이르렀고, 퓨즈서울 런칭 후 시차를 두고 기존 쇼핑몰을 양도했다.

퓨즈서울을 운영하는 것만으로는 여성복의 불합리한 점을 알리기 어려워 다양한 프로젝트를 꾸준히 진행해왔다. 같은 뜻을 지닌 창작자들과 협업한 프로젝트를 통해 여러 커뮤니티에 퓨즈서울이 알려졌고, 여성복과 남성복의 차이를 알게 된 소비자들이 여성복의 문제에 대해 목소리를 내기 시작했다. 커뮤니티의 힘은 대단했다. 눈치를 보던 의류업계가 아주 조금씩 움직였고, 깨어 있는 사람들은 더 이상 문제적인 여성복에 돈을 쓰지 않겠다고 선언했다.

온라인에서의 외침은 내용이 와전되거나 전달에 한계가 있어서, 출간 제의를 받았을 때 이 기회를 놓칠 수 없다고 생각했다. 여성복과 남성복을 연구하면서 느낀 배신감을 글로 남겨 더 많은 이들에게 자세히 전달할 것이다. 이것이 차별을 없애기 위해 내가 할 수 있는 최선의 방법이기 때문이다.

실루엣

직선과 곡선이
만들어내는 차이

요즘 세상에 "여자는 치마만 입어야 한다"고 말하는 사람은 성차별주의자로 비난받을 것이다. 짧은 머리나 수트(슈트)를 특정 성별의 전유물로 보는 시각이 오히려 촌스럽다고 여겨질 만큼 세상은 변하고 있는데, 과연 의복의 근간을 가르치는 의류학과나 패션학교 내부의 상황은 어떨까? 이곳 역시 사회의 변화에 발맞춰 성차별 없는 교육과정을 도입하고 있을까?

부푼 꿈을 안고 들어간 대학 전공 수업에서 내가 처음 배운 것은 '여성복의 기본은 H라인 스커트, 남성복의 기본은 일자 팬츠'라는 내용이었다. 쉽게 말해 여남 옷은 기초부터 달랐다. H라인 스커트는 그 이름처럼 '라인'에 초점을 맞춘 옷이라 봐도 무방하다. 잘록한 허리 라인과 볼록한 엉덩이 라인을 만들기 위해 라인을 잡는 다트선이 들어가고, 허리에 '고작' 1cm가 조금 넘는 여유분을 주고, 골반을 강조하기 위해 치마폭을 좁히다 보니 트임을 넣는다. 반면 일자 팬츠는 허리 쪽에도 넉넉하게 여유를 줬고, 라인보다는 착용감에 중점을 두고 제작했다.

여성복의 기본으로 배우는 H라인 스커트

　　여성복의 기본을 H라인 스커트로, 남성복의 기본을 일자 팬츠로 가르치고 있는 것이 패션계의 현실이다. 누군가는 이것이 패션의 '역사'라고 말할지 모른다. 그러나 우리가 역사를 배우는 이유가 과거의 잘못을 되풀이하지 않고 앞으로 나아가기 위함이라면, 놀랍게도 여성복의 역사는 100년 전부터 단 한 번의 발전도 없이 오늘날에 이르렀다. 여성복의 문제점을 개선하기 위해 가브리엘 샤넬 같은 진보적인 거장들이 변화를 꾀한 적도 있었으나, 현재 그 브랜드를 보면 그 진보가 무색하리만큼 후퇴하고 있다.

　　여성복이 여전히 과거에 머물러 있다는 사실을 여실히 보여주는 부분은 '여밈'이다. 남성복에서 뒷지퍼가 달린 옷을 본 적이 있는가? 디자인적인 요소를 더하기 위한 목적이 아닌 이상, 뒷지퍼가 들어간 남성용 캐주얼은 매우 드물다. 남성복의 여밈은 앞에 달린 단추나 지퍼가 기본이다. 이와 달리 여성복에서는 속옷부터 일상복까지 뒷여밈이 들어간 옷을 어렵지 않게 볼 수 있다. 타인의 도움으로 옷을 입고 여미던 과거의 방식이 뒷여밈으로 현재까지 이어져온 것이다. 기술이 발전함에 따라 뒷여밈이 후크나 지퍼로 대체됐을 뿐 누군가 도와줘야 입을 수 있는 '수동적'인 특성을 지녔다는 점에선 변함이 없다.

여기서 한술 더 떠 지퍼 자국마저 숨길 수 있는 콘솔지퍼(숨김지퍼)까지 등장했다. 사람 옷이라면 마땅히 입고 벗을 수 있는 여밈이 있어야 하는데, 밖으로 보이는 여밈이 사라지니 더더욱 인형 옷 같은 느낌이 난다. 콘솔지퍼는 값이 저렴하고

여밈을 숨기는 콘솔지퍼

품질도 조악해 고장이 잘 나고 지퍼를 올리다 옷이 잘못 물리기도 한다. 이러한 콘솔지퍼 역시 뒷지퍼처럼 주로 여성복에서만 쓰인다.

여성복의 정체된 역사를 알 수 있는 또 다른 요소는

'실루엣'이다. 빅토리아 시대 때부터 드레스를 통해 드러나는 풍만한 가슴 라인, 코르셋으로 꽉 조인 가느다란 허리 라인은 여성의 출산 능력을 암시하는 지표였다고 한다. 여성복이 시각적으로 성적인 매력을 어필하는 의복인 것은 과거나 지금이나 똑같다. 다만 과거에는 드레스로 풍성한 라인을 고집했고, 현재는 몸 전체에 밀착되는 타이트한 라인을 고집한다는 것이 차이일 뿐이다.

2017년부터 애슬레저룩(athleisure look, 운동과 여가의 합성어로 일상복과 운동복의 경계를 허문 가볍고 편안한 스타일의 옷)이 본격적으로 유행하면서 여남 의복의 실루엣 차이는 더욱더 명확해졌다. 대표적 사례가 '레깅스'이다. 레깅스는 착용 시 라인이 드러나는 특성상 자세 교정에 용이하고 신축성이 좋아 활동이 자유롭다는 점 등 운동복으로서의 장점은 분명 적지 않다. Y존이 부각되지 않는 재단과 봉제를 적용한 레깅스가 속속 선보이며 레깅스만 단독으로 입고 다니는 사람들, 정확히는 여성들 역시 늘고 있다. (남성용 애슬레저룩에도 레깅스 제품이 있지만 대부분 반바지를 덧입는다.)

다만 최근 불거진 레깅스 논쟁과 관련해 '레깅스는 운동복일 뿐 성적 대상화와는 거리가 먼 제품'이라는 주장에는 동의하기 어렵다. 지금까지 수많은 사례가 보여주듯 여성의 엉덩이 라인이 섹슈얼한 이미지로 소비되어왔기 때문이다. 여성을 성적 대상화한 장면에서 주로 보이는 포즈가 엉덩이를 무리하게 뒤로 쭉 빼고 허리를 비트는 모습이듯 말이다.

레깅스는 허리와 둔부가 강조되는 실루엣과 몸에 달라붙거나 비치는 소재 특성상, 성적 대상화와 완전히 떼어 놓고 보기 어렵다. (출처: 최현숙, 논문 <패션에 표현된 전통적·페미니즘·포스트모던 페미니즘 여성성에 관한 연구>, 2000) 또한 레깅스는 운동복의 범주를 벗어나 일상 속으로 들어온 순간 여성의 신체를 압박하는 아이템이 되었다. 이는 '여성성' 하면 쉽게 떠오르는 코르셋과 비슷한 맥락을 유지하는데, 형형색색 다양한 컬러로 불필요한 소비를 조장하고, 몸을 꽉 조이고, 의복으로서 기본적 기능을 다하지 못한다는 점이 동일하다. 과거에는 꽉 조이는 코르셋 때문에 여성들이 호흡곤란을 겪거나 갈비뼈가 부러졌다면 요즘에는 날씬한 실루엣을 연출하기 위해 혹독한 다이어트를 하다가 실신하거나 거식증에 걸린다. 이처럼 여성복은 여러 지점에서 과거와 다르지 않다. 실루엣이 강조되며, 의복으로서의 기능이 떨어지고, 빠른 유행 주기로 인해 사치를 조장한다.

그럼 남성복은 100년 전과 비교했을 때 획기적으로 발전했을까? 남성복 역시 거의 발전이 없다. 유행에 따라 조금씩 바뀌는 디테일들을 제외하면 전체적인 실루엣은 똑같다. 여전히 남성복은 여밈이 앞단추로 나와 있고, 불편한 라인들이 없고, 실용성에 초점을 맞춘 옷들이 많다. 남성복의 기본을 이루는 수트는 품에 여유가 있고 무채색 계열이 많다 보니 옷에 맞춰 체중을 무리하게 조절하거나 여러 벌 살 필요가 없다. 수트는 애초에 남성들의 사치를 줄이기 위해 탄생한 옷으로, 착용자는 넥타이 몇 개만 사서 돌려 입으면 '단벌 신사'로 불리며 검소한 이미지까지 얻을 수 있다. 내가 퓨즈서울을 런칭하며 수트에 집착한 이유가 여기에 있다. 우리에겐 '단벌 숙녀'라는 단어가 너무나 생소하듯, 단벌이어도 충분한 여성복이 없기 때문이다.

이 굴레를 깨고자 품이 넉넉해서 편안하고, 주머니가 많아 기능적인 '여성을 위한 옷'을 공장에 제작 의뢰했다. 공장은 내 의도를 이해한 듯 보였으나 여타 여성복과 다를 바 없는 결과물을 내놓았다. 다시 찾아가 몇 번이고 설명해도 "이거 여성복이잖아요?"라는 허무한 메아리만 돌아왔다. 심지어 완벽히 내 의도대로 만든 샘플을 들고 가 보여주며 이렇게 작업해달라 요청해도, 여성복의 불필요한 요소를 다 넣어서 만든 옷을 건네서 곤혹스럽기까지 했다. 이유를 물으면 답은 똑같았다. 여자들이 입는 옷이니까 '여성복처럼' 만들었다고.

개인적으로 타이트한 밑위 때문에 여성 질환으로 고생했던 터라 밑위가 길고 엉덩이가 끼지 않는 바지를 꼭 만들고 싶었다. 넘치는 의욕을 안고 찾아간 또 다른 공장에서 들었던 소리를 나는 아직도 잊지 못한다.

"여자들은 이렇게 밑위 긴 바지 안 좋아한다." "엉덩이 라인이 펑퍼짐하니 아무도 안 살 것이다." 태어나서 단한 번도 여성복을 입어본 적 없고, 여성들의 고충에는 관심도 없어 보이는 사람이 그런 말을 하는 게 웃겼다. 소위 말하는 '남성복 같은 여성복'은 아무도 안 살 거라며 단정 짓다니 어이가 없었다. 결국 다른 공장을 찾아가 밑위가 길고 엉덩이가 타이트하지 않은 슬랙스를 만들었다. 이 제품이 대박을 터트리는 걸 보며, 그동안 여성들이 이런 옷을 안 샀던 게 아니라 '못 사고' 있었던 걸지도 모른다는 생각이 들었다. 직접 만든 슬랙스를 입고선 이제까지 바지의 편안함을 모르고 살았던 게 억울했을 정도였으니까 말이다.

다시 실루엣에 집중해보면, 여남 옷은 하의뿐만 아니라 상의에서도 실루엣 차이를 보인다. 엉덩이를 덮는 기장으로 멀리서 봤을 때 거의 일자에 가까운 실루엣이 나오는 게 남성복 상의의 특징이다. 퓨즈서울에서 상의를 제작할 때 엉덩이를 덮도록 기장을 잡았는데, 총장이 너무 길다는 문의가 빗발쳤다. 골반 언저리까지 오는 여성복 상의에 익숙해진 소비자들이 긴 기장을 낯설어하는 것이었다. 소비자 요구대로 기장을 줄여버리면 사실상 기존 여성복과 차이가 없어지기에 나는 소비자들을 설득하기 시작했다. 엉덩이를 덮는 기장은 어색한 것일 뿐이지 이상한 게 아니라고. 다행히 지금은 많은 분들이 퓨즈서울의 방향에 동의해주며, 기장이 짧은 제품을 길게 만들어달라는 문의도 심심치 않게 받고 있다.

퓨즈서울의 상의는 대부분 엉덩이를 덮는 기장으로 제작된다.

일자로 길게 쭉 뻗은 실루엣은 수트에서 가장 돋보이는데, 바디 라인을 강조한 일반 여성용 재킷과 달리 남성용 재킷은 깔끔한 직선 라인이 두드러진다. 라인은 착용감과 직결된 부분으로 라인이 많이 들어간 여성용 재킷이 남성용 재킷에 비해 입었을 때 당연히 훨씬 더 불편하다. 그래서인지 많은 여성들이 '수트는 불편하다'는 인식을 가지고 있었고, 나 역시 수트를 직접 만들기 전까지는 수트는 불편하고 몸을 옥죄는 옷이라고만 생각했다.

'남성 수트 실루엣을 참고해 라인이 덜 들어간 수트를 만들면 훨씬 편하지 않을까?'라는 생각으로 양장 전문가와 미팅을 잡았고, 남성 수트 재킷의 요소를 모두 갖춘 여성 사이즈의 수트 재킷 샘플을 만들어달라고 요청했다. 첫 샘플이 나왔을 때 깜짝 놀랐다. 불필요한 라인이 없으니 몸에 끼는 곳도 없었고, 촌스러울 줄 알았던 어깨 패드는 사람을 훨씬 더 당당해 보이게 해주었다. 이후 두세 차례의 샘플 수정 작업을 거쳐 전반적인 실루엣은 남성복 수트와 동일하나 디테일은 여성의 신체에 맞춘 '여성용 수트'를 완성했다. 칼라 각도는 좀 더 예리하게 세우는 동시에 너비는 좁히고, 어깨가 너무 부자연스럽지 않으며 쉽게 처지지 않는 패드로 교체하는 식이었다.

타이트한 여성복과 비교하면 이 수트는 잠옷 수준으로 편했으나 일반 소비자에게 수트는 여전히 낯설고 어려운 제품이었다. 한번 걸쳐보기만 해도 생각이 바뀌겠지만 온라인 공간에서 소비자에게 자연스럽게 어필하기 위해서는 콘텐츠가 필요했다. 그래서 셔츠만 바꿔가며 수트를 매일 입고 다니는 '수트 생활화 챌린지'를 시작했다.

처음엔 대부분 생소하다는 반응이었다. 넥타이까지 맨 여성의 수트 착장을 거의 본 적이 없으니 당연했다. 남성들은 매일같이 수트에 넥타이를 착용해도 누구도 이상하게 보지 않는데, 내가 수트를 입고 나갔을 때는 길에서 힐끗거리는 사람도 있었고, 경호원이냐고 묻기까지 했다. 챌린지는 날이 더워지기 직전까지 약 한 달간 진행됐고, 시간이 갈수록 온라인에서는 "사람다운 복장이 역시 최고다" "너무 멋있다" 같은 긍정적 반응이 자주 올라왔다.

수트를 생활화하니 일상생활에서도 변화가 생겼다. 탈코르셋을 하기 전, 사무실이 있는 건물의 경비원분과 사이가 좋은 편은 아니었다. 주차 공간이 좁아서 외부 차량을 막는 일이 잦았는데, 나는 세입자임에도 진입할 때마다 주차를 못 하게 하길래 만차여서 그런 줄 알았다. 그런데 알고 보니 그분은 여자 세입자들에게만 주차를 못 하게 막고 있었다.

수트 생활화 챌린지를 시작하면서 '놀랍게도' 주차가 수월해졌다. 심지어 언성을 높이는 일도 사라졌다. 바뀐 거라곤 짧은 머리와 수트 한 벌뿐인데 정말 신기한 일이었다. 이렇듯 탈코르셋과 수트는 여성이라는 이유만으로 빼앗긴 권리를 되찾는 간단한 방법이라는 생각이 들었다. 고작 주차 하나 가지고 무슨 권리 운운하나 할 수도 있지만 운전자 입장에서 주차 문제는 말 그대로 전쟁이다. 잘 생각해보면 그 경비원은 (지금은 보이지 않지만) 전쟁통 속에서 남성 세입자에게만 주차를 허락한 셈이었다.

한편 혼자서 수트 생활화 챌린지를 하다 보니 한계가 있었다. 나와 체형이 다른 사람들에게는 충분한 예시가 되지 못해서 구매 시 사이즈 관련 문의가 폭증한 것이다. 더 많은 분들이 참고할 수 있도록 다양한 체형의 일반인 여섯 명을 모집하여 '나 정도면 괜찮지' 프로젝트를 시작했다.

'나 정도면 괜찮지' 프로젝트는 키 150cm부터 170cm까지 키도 몸무게도 제각각인 여성들이 수트를 입고, 수트 착용과 탈코르셋을 권장하는 프로젝트이다. 많은 분들이 이미 탈코르셋을 시작했지만 탈코르셋을 고민하고 있는 분들도 많았기에 우선 외모 강박에서 자유로워질 수 있는 계기를 만들어드리고 싶었다. 내 눈코입이 어떻게 생겼든 거울을 보고 "아~ 나 정도면 괜찮지"라고 누구나 쉽게 말할 수 있게끔 말이다.

참여자들은 짧은 머리에 민얼굴 그리고 수트를 입은 모습으로 카메라를 응시했는데 그 분위기는 말도 못 하게 멋있었다. 이후 실제로 수트 주문량이 늘었으며, 이전보다 수트에 대한 관심도 상당히 높아졌다.

여남 의복 차이를 좁혀 실루엣만으로는 성별을 분간할 수 없도록 하는 이 모든 행위는 탈코르셋 운동의 일환이다. 누군가는 "남자처럼 입는 게 탈코르셋이냐?" "그럼 페미니스트는 다 바지만 입고 살아야 하나?"라고 반박할 수도 있다. 페미니즘과 탈코르셋은 가부장제를 벗어나 여성이 남성과 동등한 권리와 지위를 가지기 위해 저항하는 운동이다. 페미니스트들은 남자들이 여자를 '사회가 규정한 여성'으로 보지 않고, 자신들과 같은 '사람'으로 보기를 원한다. 투쟁의 방식은 여럿이겠으나 의류업계에 있는 나로서는 남성과 대등한 실루엣을 시도하고 선택지를 만드는 것이 하나의 방법이 될 수 있다고 생각한다. 겉모습을 바꾸는 것만으로 대등해질 수 있을까 의문이 생기는 분들께는, 주차 문제로 경비원과 실랑이를 벌였던 내 경험을 꼭 들려드리고 싶다.

주머니

아예 없거나
있어도 쓸모없거나

여자라면, 아니 정확히는 여성복을 입는 사람이라면 주머니가 없어서 따로 가방을 들거나 소지품을 손에 주렁주렁 들고 다녀야 했던 경험이 있을 것이다. 원래도 주머니가 부족한 여성복이었지만 짧고 타이트한 옷들이 유행하면서 주머니는 여성복에서 흔적기관처럼 점점 퇴화하고 있다.

내가 처음 여성복을 판매할 적엔 '여성복'이니까 주머니가 없어도 이상하다고 생각하지 못했다. 태어나서 지금까지 쭉 그런 여성복만 입고 봐왔기 때문에 그게 기본값인 줄 알았던 거다. 그러나 퓨즈서울을 준비하며 남성복을 공부하면서부터는 주머니가 단순히 수납공간의 의미를 넘어서 성차별적 요소 중 하나임을 절실히 깨닫게 되었다.

대중적인 SPA 브랜드만 봐도 확연한 차이를 느낄 수 있다. 남성복 재킷은 대부분 안주머니가 달린 채 판매되지만 여성복 재킷에서는 안주머니를 찾기 어렵다. 심지어 커플룩으로 출시된 옷만 봐도 여성복 재킷에는 주머니가 없거나 깊이가 매우 얕다. 고가의 여성복 브랜드라고 다를까? 재킷 하나에 15만 원을 훌쩍 넘는 수트 제품에도 안주머니가 없는 건 마찬가지다. 날씬한 허리 라인을 연출하기 위해 알아서 안주머니를 생략한 업체의 배려라고 봐줘야 하는 걸까….

남성 비치웨어에서 발견한
미니 포켓

엉덩이 라인을 우선해 뒷주머니를 없애버리거나 페이크 주머니를 붙인 여성복 바지 역시 허다한 수준인데, 남성복에는 페이크 주머니가 달린 제품이 거의 없다. 심지어 비치웨어에도 실용적인 주머니가 달려 있을 정도니 말 다했다. 양쪽에 달린 주머니뿐 아니라 동전이나 담배를 넣을 수 있는 미니 포켓이 허리춤에 달린 걸 보곤 배신감을 느낄 정도였다.

억울했다. 너무 억울했다. 여성복을 입고 자란 모두가 억울해할 일이다. 같은 값의 옷임에도 여성복이냐 남성복이냐에 따라 주머니가 붙거나 사라졌다. 기존 거래처인 여성복 공장에 연락해 재킷에 안주머니를 넣어달라 요청했더니, 공장에서는 질색하며 개당 추가 공임 8,000원이라는 터무니없는 가격을 불렀다. 이 작업을 하느니 손이 덜 가는 다른 작업을 맡겠다는 소리다.

물론 다른 여성복 공장에 가서 비싼 공임을 지불하면 안주머니 달린 재킷을 만들 수 있을 것이다. 그러나 거기서도 거절한다면? 공장을 찾는 데 드는 시간도 만만찮을 것 같았다. 그래서 바로 남성복 공장을 찾아갔다. 남성복은 애초에 주머니가 기본값이니 추가한다고 한들 공임 변동이 크지 않을 것 같았고, 무엇보다 거절당할 일도 없을 거다.

남성복 공장에서는 작업지시서를 보더니 별다른 말 없이 샘플 작업에 들어갔다. 물론 기본 공임은 여성복 공장보다는 비쌌지만 받아들일 만한 수준이었고, 주머니를 추가할 때 별도 비용 없이 서비스로 넣어준다는 것도 마음에 들었다. 그럼 주머니 없이 재킷을 제작하면 공임이 저렴해질까 싶어서 물어봤는데, 남성복 공임은 애초에 주머니와 안주머니가 모두 들어간다는 전제하에 책정되었기 때문에 여성복처럼 주머니를 없앤다고 한들 비용이 크게 달라지지 않는다고 했다. 주머니가 없는 것을 기본값으로 두고 주머니를 추가할 때마다 제작비가 올라가는 여성복과는 전혀 다른 체계였다.

주머니 작업을 꺼리는 곳은 재킷 공장만이 아니었다.

주머니 달린 냉장고 바지를 만들어달라는 소비자들의 요청이 쇄도하면서 기존 거래처인 여성복 바지 공장을 찾았다. 1차 샘플이 나왔을 때는 주머니 없이 핏과 착용감을 중점적으로 확인했다. 공임도 저렴한 가격으로 책정되어 본작업만 들어가면 되는 상황이었다.

그러나 작업 전 양쪽 주머니를 넣어서 진행하겠다는 작업지시서를 본 공장에서는 별안간 다른 공장을 찾아보라고 했다. 남성복 재킷 공장과 한창 일할 때라 주머니 때문에 작업을 거부하는 이 공장의 반응이 너무 낯설게 다가왔다. 초도 발주 수량을 두 배로 늘리고 공임을 80% 이상 올려주겠다고 제안해도 끝끝내 메시지에 답이 없다. 아무래도 차단당한 모양이다. 당황스러웠다. 도대체 여성복에서 주머니가 어떤 의미이길래 주머니만 넣자 하면 공장들이 매몰차게 작업을 거절하는 것일까.

수세기 동안 사람들은 물건을 들고 다니기 위해 작은 주머니와 손가방을 사용했다. 이것들을 주로 허리띠에 매달아 사용하곤 했는데, 소매치기가 많아지자 17~18세기경 남성들은 주머니를 옷에 부착하여 현재 모습과 흡사한 형태의 주머니를 달았다. 반면 여성들은 여전히 허리춤에 큰 손가방을 묶어 다녔는데, 이 손가방은 오늘날의 핸드백이 되었다. (출처: 멀리사 리벤턴 외 지음, 《세계 복식의 역

사》, 2016)

　시간이 흐르며 주머니 달린 여성복이 등장하긴 했으나 여성복은 주머니에 늘 인색한 편이었다. 20세기 들어 여성복 시장에서 주머니는 부침을 반복하다 핸드백이라는 복병을 만나게 된다. 명품 브랜드에서 앞다퉈 핸드백을 만들어내자 상류층에서 시작된 유행이 자연스럽게 퍼진 것이다. 주머니 없는 옷은 핸드백의 유행 뒤로 숨어버렸다. 여성의 사회적 지위와 권력을 나타내는 도구가 파워숄더에서 핸드백으로 자연스럽게 옮겨가면서 사회는 좀 더 강하게 '여성성'을 규정하기 시작했다.

　가방을 따로 들고 다니는 것보다야 주머니에 소지품을 넣고 다니는 편이 훨씬 편하다. 그러나 내가 남성복을 공부하기 전까지 기존 여성복에 큰 불편함을 느끼지 못했던 것처럼 사람들은 자연스레 불편함에 익숙해졌다.

　핸드백이 주머니를 대신하는 시기에도 여성복에 주머니가 필요하다는 목소리를 내는 이들이 있었다. 그럼에도 오늘날 우리가 흔히 보는 여성복 주머니는 남성복 주머니보다 깊이가 훨씬 얕거나 립스틱이 겨우 들어갈 만한 실용성 없는 사이즈다. 이 문제점을 개선하고자 나는 남성복 주머니 깊이부터 따져봤다. 조사 결과, 캐주얼 바지에 들어가는 주머니는 평균 깊이가 15cm 이상이었다. 바지통이 여유 있는 바지는 주머니가 더 깊어서 생수까지 쑥 들어갈 정도였는데, 생수가 들어가는 사이즈를 장점으로 광고하는 15만 원짜리 핸드백과 너무나 비교가 됐다. 남성복은 상하의 모두 가격대 상관없이 주머니가 매우 깊었고, 개수 역시 많았다. 남성용 핸드백이 왜 발달이 안 됐는지 단번에 이해가 됐다.

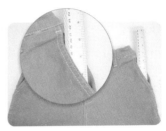

여성복 바지 주머니 깊이 비교 사진(좌: 약 10cm, 우: 약 20cm)
퓨즈서울 제품의 주머니가 두 배쯤 깊다.

퓨즈서울이 신경 쓰는 부분이 바로 주머니다. 재킷에는 안주머니를 넣고, 바지에는 되도록 주머니를 깊게 낸다. 초창기에 제작한 재킷의 주머니 수는 겉주머니 두 개 안주머니 한 개로 총 세 개였는데, 이것도 남성복에 비하면 부족하다는 생각이 들어서 욕심을 냈다. 그 뒤로 가슴 주머니 한 개와 안주머니 한 개를 추가하여 총 다섯 개의 주머니를 넣은 재킷을 판매했다.

백화점에서 비싼 돈을 주고 산 재킷에는 안주머니조차 없는데 퓨즈서울에서 판매하는 재킷에는 안주머니만 두 개가 있다며 놀라는 분도 있었다. 그러나 사실 이 정도 주머니 개수는 남성복 재킷에서 보편적이다. 여성용 재킷과 비교할 때 나은 수준이지 남성용 재킷과 비교하면 전혀 특별하지 않다.

그래서 주머니를 한 개 더 추가하기로 했다. 위치는 오른쪽 소매로, 힌트는 교복에서 얻었다. 교복 회사들이 '몸매 라인'을 강조하거나 '틴트 주머니'를 교복에 넣기 이

전, 기능에 치중하던 시기가 있었다. 그때 나온 교복에는 소매에 주머니가 달려 있었는데, 거기에 교통카드를 넣고 다니면 따로 카드를 꺼내지 않은 채 바로 찍을 수 있어 편리했다. 이 주머니는 반짝 등장했다 사라져 아마 모르는 사람이 더 많을 것이다. 당시 기억을 되살려 공장에 문의했는데, 운 좋게도 거래하는 공장에 과거 소매 주머니를 작업했었던 분이 계셔서 어렵지 않게 기능을 추가할 수 있었다.

여섯 개의 주머니가 들어간
퓨즈서울의 재킷

소비자 반응은 폭발적이었다. 일반 남성복 재킷보다 실용성 면에

서 뛰어나 나름의 자부심도 컸다. 재킷 하나에 들어가는 주머니는 총 여섯 개로, 세 개였던 주머니가 두 배로 늘었으니 추가 공임이 만만찮을 거라고 예상했었다. 주머니를 하나씩 추가할 때마다 8,000원을 달라고 요구한 여성복 공장도 있었으니 말이다. 남성복 공장에서는 공임을 얼마나 올릴지 내심 걱정도 컸다.

놀랍게도 공장에서 요구한 총 추가 공임은 3,000원이었다. 개당 8,000원을 불렀던 여성복 공장과는 너무나 대조적이다. 이유는 앞에서도 밝혔듯 애초에 남성복에는 주머니가 기본값이라, 주머니 몇 개를 더 추가하는 게 어려운 작업도 아니고 비용도 크게 뛰지 않은 것이다. (안주머니 추가는 서비스로 해주셔서 비용이 더 절약됐다.) 판매자 입장에서 보면, 기능은 늘었는데 가격 변동은 거의 없으니 소비자들에게 더 어필할 수 있는 포인트가 됐다.

여성복 공장에서 겪은 일화들을 온라인에서 몇 번 공유한 적이 있는데, 그럴 때마다 달리는 댓글이 있다. 공장은 돈을 주면 일을 맡는 곳인데, 터무니없는 공임을 부르면서 하기 싫어했다는 게 더 '터무니없다'는 것. 물론 공임을 더 주면 주머니를 추가해주는 여성복 공장도 있을 것이다. 그러나 보세 작업을 하는 대부분의 여성복 공장에서는 주머니처럼 손이 두 번 가는 작업보다는 한 장이라도 더 빠르게 만들 수 있는 작업을 선호하는 것이 현실이다. 여기고 꼭 짚고 가야 할 더 중요한 사실은 남성복에 기본으로 달리는 주머니가 여성복에는 별도로 공임을 추가해야만 넣을 수 있다는 점이다.

재킷 주머니 개수를 점차 늘리는 동안 고객으로부터 라펠(lapel, 깃 또는 칼라)에 라펠 홀(lapel hole)을 넣어달라는 요청도 받았다. 라펠 홀이란 재킷의 디자인적인 요소인 동시에 지위를 나타내는 배지를 달 수 있는 구멍으로 배지 외에도 부토니에르 같은 액세서리를 달 수 있다. 사실 요즘 라펠 홀을 누가 쓰나 싶어 추가할 생각조차 하지 않았는데 그 요청을 본 뒤부터 재킷을 입은 사람들을 유심히 살펴보게 됐다.

남성용 재킷과 달리 여성용 재킷에서는 라펠 홀을 찾기가 힘들었다. 앞서 설명했듯이 라펠 홀은 지위를 나타내는 배지를 달기 위한 것이다. 그런데 왜 남성 재킷엔 있고 여성 재킷엔 없을까? 시중에 나와 있는 기성 제품을 구매하는 대부분의 남성 역시 배지를 달 일이 거의 없을 텐데 말이다. 그러다 문득, 재킷을 사는 수많은 남성 중 누가 배지를 달지 모르니 일단 라펠 홀을 넣는 게 아닐까 하는 생각이 들었다. 그래서 나도 재킷에 라펠 홀을 넣기 시작했다. 퓨즈서울에서 재킷을 구매하시는 수많은 여성 중 과연 어떤 분이 배지를 달게 될지 모르는 일이니 말이다.

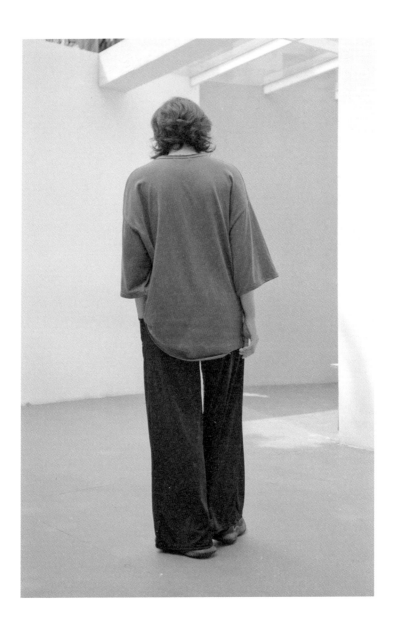

원단 및
원단 가공(1)

원단에 존재하는
성(차)별

"드라이클리닝 권장드립니다." 인터넷 쇼핑몰에서 이 문구와 마주치지 않은 분들이 있을까? 나는 이보다 여성복의 실체를 잘 나타내는 문구는 없다고 생각한다.

여성복 쇼핑몰을 시작할 때 거래처에서는 당연하다는 듯 옷은 드라이클리닝을 맡기거나 손세탁을 해야 오래 간다고 이야기했다. 나는 그 이야기를 그대로 믿었다. 산지 얼마 안 된 티셔츠가 세탁 몇 번에 줄어들고, 물이 빠지고, 박음질한 옆선이 사선으로 돌아가도 내가 저렴한 보세 옷을 사서 그런가 보다 했다. 그때마다 돈을 많이 벌게 되면 반드시 비싼 옷을 사겠다고 다짐도 했다.

2016년부터 여성복을 판매하면서 수많은 거래처의 흥망성쇠와 시장의 원리를 다 꿰고 있다고 자부할 때쯤 퓨즈서울을 준비하게 됐다. 남성복을 연구하며 남성복 거래처를 만날 기회가 많았는데 그들이 자주 쓰는 단어가 있었다. 바로 '워싱'이라는 단어. 나는 그때까지 워싱이 데님 제품에만 들어가는 건 줄 알았다. 그런데 거래처 말로는 남성복 대부분에 '워싱'이 들어간다는 것이다! 그 사실을 알았을 때 속이 꽉 막힌 듯 답답했다. 여성복을 팔 때 데님을 제외하고 워싱이 들어간 옷을 본 적이 있었는지 아무리 떠올려봐도 기억에 없었다.

워싱이란, 세탁 시 축률(섬유나 실이 물에 젖었을 때 오그라들거나 줄어드는 비율. 수축률)과 이염(염색약이 빠지면서 다른 곳으로 번지거나 배어드는 현상)을 최소화하기 위해 원단에 입히는 후가공이다. 워싱의 종류는 용도에 따라 매우 다양하며, 주로 옷에 사용되는 워싱 종류는 텐타(원단을 고정한 뒤 고온으로 건조하여 원단의 형태를 단단하게 잡아주는 작업. 텐타 가공을 할 경우 세탁 후 허리선이 돌아가거나 옷이 뒤틀리는 현상을 방지할 수 있다), 바이오(원단 표면의 보풀이나 잔털을 제거하여 표면을 깔끔하게 하고 부드러운 터치감을 주는 가공법), 덤블(세탁기에 돌리는 것과 비슷한 가공법. 덤블 워싱을 할 경우 원단이 미리 열과 수분에 내성을 갖기 때문에 완성된 의류를 세탁기로 빨아도 수축률이 현저히 낮아진다) 등이 있다.

특히 워싱 가공은 천연 소재인 코튼과 리넨에 많이 사용하는데, 이 소재는 워싱을 하지 않으면 세탁 시 원단이 줄거나 이염되기 때문에 반드시 워싱 가공을 해야 한다. 부끄럽게도 나는 이 사실을 남성복을 판매하면서 알게 됐다. 남성복 거래처에 워싱이 된 옷이냐고 물어보면 백이면 백 전부 워싱 가공이 된 옷들이었고, 워싱 처리가 안 된 것들은 줄어드는 성질이 없어서 워싱이 불필요한 소재로 만들어진 옷뿐이었다.

처음엔 이 사실을 믿을 수가 없어서 나는 급히 남성복 상하의 50여 벌을 구해 세탁기에 넣고 돌린 후 건조된 옷들의 세탁 전후 축률을 측정해봤다. 실험에 사용된 남성복 가격대는 5,000원부터 3만 원까지 다양했는데, 생지(가공을 하지 않은 원형의 원단) 원단을 사용한 제품군을 제외하면 대부분 수축과 이염이 거의 없었다. 적어도 5,000원짜리 저렴한 옷에는 워싱이 안 들어갔을 거라고 애써 위안했는데 예상은 빗나갔다. 여성복에서 워싱이 들어간 옷을 찾기가 어려운 것처럼 남성복에서는 워싱이 안 들어간 옷을 찾기가 힘들었다.

코튼보다 수축이 심하고 관리하기 까다로운 원단이 레이온인데, 촉감이 부드러워 여성복에선 셔츠나 로브처럼 찰랑거리는 의류에 많이 사용된다. 여성복을 판매했던 경험으론, 레이온은 '소재 특성상' 드라이클리닝이 필수였다. 그런데 남성복에서는 워싱 가공을 해 수축 걱정 없이 물세탁을 할 수 있는 레이온이 이미 널리 사용되고 있었다.

그때의 느낌은 뭐랄까? 마치 몰래카메라의 주인공이 된 기분이었다. 남성복 시장에서는 보편화된 워싱이 여성복 시장에서는 잘 알려지지조차 않았다는 게 말이 안 됐다.

여성복 시장에서 워싱을 하지 않는 이유는 뭘까? 엄청난 비용이 들어서? 그것도 아니다. 티셔츠 기준으로 워싱 비용은 벌당 평균 500원(2020년 기준) 정도밖에 들지 않는다. 고작 500원이 아까워서 여성복은 워싱을 생략하는 걸까? 이 부분은 여성복 보세 시장의 구조적 문제와 깊은 관련이 있다고 생각한다.

동대문 도매 시장을 가면 1평 남짓한 좁은 가게마다 수많은 옷들이 쌓여 있다. 사람들이 많이 몰리는 상가는 한 칸에 임대료가 700만 원 전후였고, 1층이나 접근성이 좋은 위치는 임대료만 천만 원을 훌쩍 넘는다. 이 정도의 임대료를 내면서 인건비 이상의 이익을 얻으려면 마진을 높일 수밖에 없다. 사람들 눈에 바로 띄는 판매가를 대폭 올리느니 저렴한 원단을 쓰고, 워싱 같은 후가공을 빼고, 봉제를 간소화해 옷을 단순하게 만드는 것이다. 어느 순간부터 보세 시장의 코트가 죄다 안감 없는 제품으로 바뀐 현상도 이와 무관하지 않다. 안감을 넣으면 공임이 두 배로 올라가기 때문에 안감 따위는 과감히 생략해버린다. 한마디로 임대료가 오를수록 옷의 질은 떨어지고 가격은 올라가는 것이다.

초등학생 때부터 취미로 옷을 만들기 시작해, 동대문 원단 시장을 다닌 지 10년 가까이 되었다. 미로 같은 원단 시장쯤은 눈 감고도 다닐 수 있다며 자부심이 상당했으나 이 자부심은 퓨즈서울을 준비하면서 산산조각이 났다.

슈트를 제작하기 위해 샘플실 실장님을 만난 날이었다. 내가 나름 괜찮다고 생각한 스와치(원단의 견본. 원단 샘플이라고도 한다)들을 보더니 이런 원단으로는 남성 슈트를 만들지 않는다는 것이다. 내가 가져온 스와치들은 일반적으로 여성용 의류에 사용되는 것이고, 밀도가 낮아서 금세 보풀이 나거나 해진다고 했다. 한마디로 '여성용' 원단이라는 거다.

놀란 내가 그러면 남성용 원단도 있냐고 묻자, 남성용 원단은 이것보단 가격이 조금 있지만 훨씬 밀도가 높아서 탄탄하고 보풀이 잘 생기지 않고, 워싱 가공이 되어 나와 오래 입을 수 있다고 했다. 처음에 나는 실장님의 말을 바로 이해하지 못했다. 그럼 원단 시장에서 여성용과 남성용 원단을 구분해서 판다는 뜻인가? 내가 모르는 사이 원단에도 성별이 생긴 걸까?

여성복 쇼핑몰을 운영하던 때를 떠올려보면, 기본 블라우스 한 벌당 원단이 1.5야드쯤 소요됐는데, 1야드(약 90cm)에 1,600원 정도의 저렴한 원단을 사용했다. 대부분의 보세 블라우스 가게에서 사용하는 원단이었고, '여성용'

블라우스니까 힘을 주면 바로 찢어질 것 같은 원단을 쓰는 게 전혀 이상하지 않다는 분위기였다. 지금 생각해보면 1,600원짜리 원단으로 옷을 만들면서 품질을 기대한다는 것 자체가 모순이다.

여성복을 판매할 때 이런 원단이 여남 의류 할 것 없이 보세 의류 전반에 쓰이는 줄 알고 그저 저렴하다며 좋아했지만, 지금은 이런 싸구려 원단이 여성복에만 쓰인다는 사실을 아주 잘 알고 있다. 애초에 얇고 하늘하늘하며 비침이 심한 원단으로는 남성복을 잘 만들지도 않는다. 세탁기 한번 돌리면 봉제선이 다 뜯어질 만큼 허술하니 의류용으로 제작된 원단도 아닌 것 같다.

그렇다면 고밀도의 남성용 원단은 어떤 모습일까? 고밀도니까 두꺼운 원단일 거라 생각하면 안 된다. 직조 (원단의 짜임) 사이사이 여백이 꽉꽉 채워져 있어 '고밀도'일 뿐 두껍지 않다. 비침과 보풀도 없다. 이런 고밀도 원단은 대부분 남성복에 사용되기 때문에 암암리에 '남성용' 원단으로 불린다고 한다. 남성용 원단이기 때문에 컬러도 네이비, 블랙 딱 두 종류만 있거나 네이비, 다크네이비, 블랙 세 컬러 정도다.

샘플실 실장님이 남성용 원단을 직접 보여줄 때도 반신반의했다. 어떻게 원단이 얇고 탄탄하면서도 보풀, 이염, 해짐이 없을 수 있지? 이 정도면 거의 신소재 아닌가? 내가 그동안 봐왔던 원단들은 이염이 없으면 보풀이 심했고, 보풀과 이염 둘 다 있는 경우가 대부분이었다. 그러나 남성용 원단을 세탁기에 열 차례 넘게 돌리고도 멀쩡한 걸 두 눈으로 확인하고서야 비로소 원단에도 '성별'이 있다는 걸 믿기 시작했다.

나는 곧장 남성용 고밀도 원단으로 샘플 슬랙스를 만들어 두어 달가량 줄기차게 입고 다녔다. 슬랙스 제품 특성상 마찰이 잦은 엉덩이 쪽에 보풀이 잘 생길 수밖에 없는데, 보풀은커녕 세탁기에 여러 번 돌려도 멀쩡해서 땀을 많이 흘려 세탁을 자주 해야 하는 나에겐 안성맞춤이었다. 의식적으로 더 자주 빨고 더 험하게 입고 다녔는데도 옷은 그대로였다. 신기했다. '그동안 내가 취급했던 원단은 원단도 아니었구나' 싶은 생각이 들 정도였다.

그래서 이 원단으로 슬랙스에 그치지 않고 슈트 셋업 (상하의 세트)을 만들어 판매했다. 보풀이 없고 물세탁이 가능한 슈트라니 소비자들도 나처럼 놀라워했다. 물론 재킷은 심지(옷 형태가 무너지지 않도록 옷 속에 넣는 감) 때문에 물세탁할 경우 변형이 불가피하지만, 슬랙스만큼은 얼마든지 돌려도 문제없다.

새로운 영역에 눈을 뜬 것 같아 들뜨는 동시에 서글퍼졌다. 의류를 전공하고 몇 넌이나 여성복 쇼핑몰을 운영한 나도 이제 겨우 남성용 원단으로 만든 옷을 입어봤는데, 일반 소비자들은 고가의 브랜드나 기능성 의류를 사지 않는 이상 일상복에서 이런 고밀도 원단을 얼마나 자주 접할 수 있을까? 그래서 이런 고밀도 원단들로 퓨즈서울의 옷을 만들어야겠다고 다짐했다. 물론 원단 원가가 높아서 판매가가 그만큼 높아지긴 하지만, 멀쩡한 옷이 전무하다고 봐도 무방한 여성복 보세 시장에서 저렴한 옷 두 벌 살 바에 제대로 된 옷 한 벌 살 수 있는 선택지를 제시하고 싶었다.

남성용 원단만 취급하는 원단 가게에서 고축사(고밀도 신축사의 줄임말. 신축성이 있는 고밀도 원단) 원단을 추천해줬는데, 고밀도라 탄탄하고 비침이 없어서 봄, 여름용 슬랙스로 제격이라고 했다. 심지어 열을 받으면 원단을 구성하고 있는 실 사이사이가 벌어져 통풍이 용이하게끔 변형되는 기능성 원단이라며 적극적으로 추천해줬다. 남성복에서는 이미 널리 쓰이고 있어 매장에서 스테디셀러로 손꼽히는 원단이라 하니 더 욕심이 났다. 단순했다. 남자들이 좋다고 쓰는 거 나도 다 써보고 싶다는 마음이었다. 얼른 샘플 슬랙스를 만들어 한 달간 입고 다녔다.
역시나 이염이나 보풀은 없었고, 원단에 무게감이 있어 슬랙스를 만들었을 때 깔끔하게 떨어지는 핏 또한 완벽했다. 근데 한 가지 걸리는 점이 있었다. 원단의 짜임새가 조금 특이했는데, 여성복에서는 거의 볼 수 없는 원단이다 보니 일반 소비자들이 봤을 때 너무 낯설 수도 있을 것 같았다. 그래서 옷을 판매할 때 SNS를 통해 설명을 덧붙였다. "이 원단은 이제껏 여성복에서 쓰이지 않았기 때문에 처음 보는 소재일 것이며, 저 역시도 이번에 처음 알게 된 원단이다. 땀 흡수력이 좋고 빨리 건조되는 기능이 있다." 그러자 슬랙스치고는 결코 싼값이 아닌 5만 원대 제품이었음에도 불구하고, 소비자들은 고축사 슬랙스를 환영했다. 나의 바람처럼 저렴한 슬랙스 두 벌 사느니 제대로 된 슬랙스 한 벌 사는 게 더 낫다고 느낀 것이다.

2020년 초 A 브랜드에서 자사의 남성용 슬랙스를 구매하는 여성들이 많아지자 여성용 슬랙스를 따로 출시했는데, 원단이 바뀌고 페이크 주머니가 달리면서 가격이 높아져 여성세(핑크텍스) 논란을 일으켰다. 여성용 슬랙스는 남성용보다 2,000원 정도 비쌌는데, 주머니를 없애 실용성보다 '스타일'에 중점을 뒀다는 피드백만 봐도 얼마나 여성복에 제대로 된 옷이 없는지 알 수 있다. 더 재밌는 것은 남성용 슬랙스는 폴리에스테르와 레이온, 스판이 혼방(성질이 다른 섬유를 섞어서 짜는 것)된 TR 계열 원단을 사용했지만, 여성용 슬랙스에는 폴리 100% 원단을 사용했다는 것이다. TR 원단은 고밀도가 많아 주로 남성용 슈트나 슬랙스에 많이 사용하며, 퓨즈서울에서 판매하는 대부분의 슈트 원단들도 TR 원단이다. 그럼 폴리 100% 원단은 품질이 별로 좋지 않은 여성용 원단인 걸까?

아니다. 앞서 언급한 고축사 원단도 폴리 100% 원단이다. 다만 내가 사용한 고축사 원단은 일반 폴리와 다른 기능성 원단으로 가격도 TR 원단과 맞먹는다. 그럼 A 브랜드는 우리처럼 질 좋은 고축사 폴리 원단을 사용했기에 주머니를 없앴음에도 여성용 슬랙스 가격을 2,000원이나 더 올려 받은 걸까? 고축사 폴리 원단을 사용했다면 분명 기능성 원단이라고 따로 표기를 했을 텐데, 별다른 고지가 없었다. 이쯤에서 의문이 든다. 여성용 슬랙스를 출시하며 왜 기능은 없어지고 가격은 더 비싸졌을까?

여성들도 제대로 된 원단으로 만든 제대로 된 옷을 입을 권리가 있다. 누군가는 여성복의 질이 낮아진 이유로 계속된 수요가 있기 때문이라며 시장 원리를 운운한다. 애초에 저질로 제작된 옷들만 쏟아지고 마땅한 비교군도 없으니 어쩔 수 없이 기존의 여성복을 소비할 수밖에 없었던 게 아닐까. 고밀도 원단으로 꾸준히 여성복을 만들어 공급하면 소비자들은 더 이상 질 낮은 의류로 돌아갈 수 없을 것이다. 같은 값을 주고 질 낮은 옷을 사지 않는 것이야말로 마땅한 시장 원리니까.

원단 및
원단 가공②

핸드메이드 코트와
리넨의 배신

핸드메이드 코트가 유행하면서 코트 두께가 점점 얇아지고 있다. 이런 코트들을 보고 있자면 '이게 영하의 온도에서 입을 수 있는 옷인가?' 하는 의문이 들 정도다. 퀄리티 대비 가격이 매우 비싼 건 말할 것도 없다. '핸드메이드'라는 이름 때문에 사람이 손으로 한땀한땀 바느질해 만든 옷이라고 생각하는 소비자들도 많다. 사실은 원단 이름이 핸드메이드일 뿐, 공장에서 제작되는 건 차이가 없다.

무엇보다 이해할 수 없는 점은 이 비싼 핸드메이드 코트에 안감이 없다는 것인데, 보세 시장에서는 당연하다는 듯한 태도로 이 옷들을 판매하고 있다. 겨울 코트에 왜 안감이 없냐는 내 질문에 "울 함유량이 높으니 안감이 없어도 따뜻하다"는 변명을 돌아올 땐 내 귀를 의심했다. 안감이 없는 코트는 바람이 부는 대로 힘없이 나부낄 수밖에 없는데 말이다.

도매, 소매를 불문하고 판매자들은 약속이나 한 것처럼 핸드메이드 코트 특성상 안감이 없는 거라고 둘러댔다. 내 경험상 여성복에서 '특성상'이라는 말이 붙을 때 좋은 경우를 못 봤다. 핸드메이드 코트는 정말 안감이 없는 게 맞는 걸까? 안감을 붙이면 공임이 두 배나 올라 일부러 안 붙이는 게 아닐까? 안감이나 누빔 처리된 코트를 본 지 너무 오래돼서 그립기까지 할 지경이다. 사실 울 함유량도 보온에 영향을 미치는 건 맞다. 그러나 그보다 더 중요한 건 원단의 중량감과 안감 유무이다. 울 함유량이 아무리 높아도 원단이 종잇장처럼 얇다면 보온성이 떨어지는 건 당연하다.

백번 양보해 판매자들 말처럼 핸드메이드 코트 '특성상' 안감이 없는 거라면, 남성 핸드메이드 코트에도 안감이 없어야 한다. 실제로 확인해보면 안감이 있는 제품도 있지만 없는 것들도 있다. 단, 안감이 없는 제품에는 오리털 내피가 추가로 증정돼 '겨울 코트' 값을 톡톡히 해낸다. 여성들이 안감 없는 핸드메이드 코트를 입고 추위에 떨 때, 남성들은 오리털 내피가 부착된 코트를 입는다. 이래도 여전히 여성복이 차별의 의복이 아니라고 말할 수 있겠는가?

핸드메이드 코트 원단은 대부분 울 함유량이 높게 나온다. 울 함유량이 높을수록 판매가 잘되기 때문이다. 여성복을 판매해본 경험상, 울 함유량이 높으면 소비자 반응이 좋았다. 그렇다 보니 판매자 입장에서는 안감을 신경 쓰기보다 두께가 얇더라도 울 함유량이 높은 코트를 만들게 되는 것이다. 시장 조사를 해보니 남성복 핸드메이드 코트도 울 함유량이 높은 건 마찬가지였는데, 여성복에선 볼 수 없었던 값비싼 캐시미어가 혼방으로 들어가서 적잖은 충격을 받았다. 분명 도매가는 동일한데 남성복은 캐시미어 혼방에 오리털 내피까지 주는 상황이니, 이쯤 되면 여성용 핸드메이드 코트를 파는 게 죄송스러울 지경이다.

보세 시장에서 코트를 제작할 땐 저렴한 중국산 울 원단을 사용하는 편이다. 앞서 말했듯 울 혼용률을 높게 유지하면서도 가격 경쟁력에서 밀리지 않으려면 원단값이 많이 저렴해야 하기 때문이다. 또한 중국에서 싼값에 들여오는 완제품 코트들은 그 퀄리티가 국산 못지않으니 보세 시장은 단가 낮추기에 급급한 실정이고, 갈수록 품질이 떨어지는 것도 당연한 귀결이다. 겉모습은 그럴싸해 보여도 한 해 입으면 보풀이 심하게 일어난다거나 이염이 심해 도저히 입고 다닐 수 없는 제품들이 종종 보이는 이유다. 보통 염색 견뢰도(염색물이 빛, 세탁, 땀, 마찰 등의 외적 조건에 견디는 정도) 테스트를 해 이염이 발생하는 원단은 가공 후 이염을 최소화하지만, 견뢰도 테스트는 가볍게 건너뛴 모양이다.

누군가는 이 잘못된 굴레를 깨야 하지만, 깨지 못한 굴레는 계속 돌아 겨울마다 안감 없는 핸드메이드 코트가 유행하고 있다. 더 이상 안감 없는 코트를 이상하게 바라보지 않는 분위기가 나에겐 영하의 기온보다 더 차갑게 느껴졌다. 이러한 현상은 여성복 전반에 계절감이 사라지는 것과 일맥상통한다. 두께가 얇아도 긴소매면 겨울옷으로 취급되는 오프숄더처럼 말이다.

겨울철 핸드메이드 코트의 유행이 끝나고, 계절을 돌아 여름이 되면 리넨이 그 자리를 대신하게 된다. 사실 내가 제일 싫어하는 원단 1, 2위가 리넨과 울이었다. 일단 둘다 관리가 너무 까다롭고, 질에 비해 가격이 비쌌다. 옷으로 만들어 편하게 입고 다녀야 할 원단이지만 울이나 리넨은 거의 사뿐히 모시고 다녀야 할 정도였다. 이렇게 관리하기 불편한 원단들이 유행하는 이유가 뭘까 늘 궁금했다.

리넨 함유량이 높은 국내 제작 셔츠는 도매가만 3만 원이 훌쩍 넘었다. 당시엔 리넨은 비싼 원단이니까 옷도 당연히 비싸겠거니, 여름 원단이니까 얇아서 비치겠거니 하고 대수롭지 않게 넘겼다.

소비자들은 울이나 리넨 원단의 제품을 구매할 때 주로 혼용률을 신경 쓰는 편이다. 그 말인즉슨 혼용률이 판매에 미치는 영향이 상당하는 점이다. 그렇다면 여기서 자

연스레 질문이 생긴다. 제품 라벨에 기재된 혼용률은 믿을
수 있는 정보일까?

　　여성복을 판매하면서 혼용률로 장난치는 사례를 많
이 봤다. 소매상들이 도매 옷을 뗄 때 모든 옷의 혼용률을
일일이 확인하고 구매하지는 않는다. 그래서 도매 시장에
서는 종종 코튼으로 만들었지만 직조가 리넨'처럼' 보이는
옷을 리넨 제품으로 판매한다. 그러면 소매상들도 당연히
리넨 혼방 제품인 줄 알고 구매하고, 라벨이나 택(태그)에
'리넨 혼방' 원단으로 기재된다. 때문에 최종 소비자는 리
넨 옷을 샀다고 생각하지만 알고 보면 코튼 100% 원단이
거나 코튼 비중이 높은 혼방 원단으로 제작된 옷인 경우가
많다.

　　집에 리넨'치고' 비교적 저렴하게 구매한 여성복이
있다면 혼용률부터 확인해보라. 리넨이 전혀 들어가지 않
았거나 리넨이 30% 미만으로 섞인 옷이 대부분일 것이다.
울 원단도 마찬가지다. 시장을 돌면서 본 충격적인 장면
이 아직도 선명하다. 중국 바이어가 어눌한 한국어로 도
매처에 혼용률이 얼마냐고 물어봤는데, 직원도 잘 모르
는 눈치였다. 곁눈질로 보니 직원끼리 울 50%라고 말할지
30%라고 말할지 이야기하고 있더라. 이건 비단 도매처만
의 문제가 아니다. 도매처에서는 분명 울 30%라고 알려줬
지만, 소매상이 60%로 울 혼용률을 높여서 판매하는 경우

도 더러 봤다.

　남성복에서는 이 불편하고 값비싼 리넨을 어떻게 소비하고 있을까? 우선 내가 아는 리넨 원단의 장점을 말해보면 여름에 통풍이 잘된다는 점뿐이다. 단점은 셀 수 없이 많다. 구김이 잘 가서 자주 다려 입어야 하고, 물세탁이 안 되며, 얇고 힘이 없어 드라이클리닝이 필수다. 근데 남성복에서는 놀랍게도 리넨 원단에 워싱 가공을 해 이 모든 단점을 최소화한 리넨 제품을 도매가 '만 원'대로 판매하고 있었다.

　처음엔 진짜 리넨을 저렇게 저렴한 가격에 팔 리가 없다며 당연히 중국산 제품일 거라 생각했다. 알아보니 국내에서 제작된 제품도 많았고, 게다가 스판까지 들어가서 구김이 덜 가고 신축성까지 좋은 리넨 제품도 있었다. 그리고 여성복에서는 리넨 함유량이 60% 이상 들어간 제품을 거의 보기 어려웠는데, 남성복에서는 리넨 100% 제품이 흔했다. 리넨 100%면 관리가 까다롭고 표면이 거칠 것 같지만 가공을 거쳐 구김도 적고 표면이 매끄럽기까지 한 리넨이 남성복에서는 이미 널리 쓰이고 있었다.

　퓨즈서울도 리넨 100% 원단에 가공을 해서 반바지를 출시했다. 판매가는 2만 원 중반대였다. 소비자들은 물세탁까지 가능한 리넨 100% 제품을 반겼다. 이제는 여름마다 리넨 제품이 퓨즈서울 주력 상품일 정도로 인기가 많다. 비침이 없고 가슴 쪽에 포켓을 달아서 탈유브라로 착용할 수 있는 셔츠를 제작했더니 색상별로 구매하는 소비자들도 많았다. "진짜 제대로 된 리넨"이라는 후기에 나도 덩달아 신이 났다.

퓨즈서울을 오픈하고부터 리넨 슈트 셋업을 제작해 달라는 요청을 매년 여름마다 받고 있다. 리넨 셋업을 제작할 만한 인프라는 있지만 사실 영 내키지 않았다. 4년간 여성복 쇼핑몰을 운영할 때도 판매한 적 없던 품목이었고, 여름에 긴팔 재킷 수요가 있을지 가늠이 안 됐다. 그러다 어느 날, 머리를 다듬으러 미용실에 갔는데 담당 헤어 선생님이 마침 리넨 재킷을 입고 계셨다. 딱 봐도 마감이 부실해 보였고, 재킷에 달린 주머니 입구는 힘없이 처져 있었다. 재킷 이야기를 꺼냈더니 선생님은 백화점에서 10만 원 넘게 주고 샀는데, 리넨이라 그런지 금세 원단이 늘어지고 쭈글쭈글해진다고 했다.

안감이 없는 탓에 시접(옷 솔기 가운데 접혀서 속으로 들어간 부분) 또한 전부 오버로크로 처리된 모습이 여실히 드러났다. 사실 선생님이 구매한 재킷만 문제인 게 아니라 대부분의 여성용 재킷이 이렇다. 심지를 비롯해 재킷에 필요한 구성 요소들이 전부 생략된 채 재킷 '흉내'만 내고 있다.

허접한 여성용 리넨 재킷이 계속 활개 치는 꼴을 두

원단은 물론 안사양까지
꼼꼼하게 챙긴 리넨 재킷

고 볼 수가 없었다. 그래서 고민만 하던 리넨 셋업 제작에 착수했는데, 총 네 가지 컬러로 긴팔 재킷과 반팔 재킷을 만들었다. 슈트 제품은 생산 단가가 높아서 재고 걱정을 많이 했다. 그래서 처음부터 리넨 셋업 제품은 추가 제작 없이 1차 판매로 종료할 거라고 미리 안내했다.

판매가는 8만 원대로 절대 저렴하지 않았지만 퀄리티만큼은 자신 있었다. 리넨 100% 원단에 가공을 해서 물세탁이 가능하고, 구김이 덜 갔다. 거기에 위버쿨이라는 기능성 안감 원단을 사용해 냄새 제거, 쿨링, 흡한속건(땀을 잘 흡수하고 빠르게 마르는 성질) 기능을 추가하였다. 주머니는 가슴 주머니 한 개, 겉주머니 두 개, 안주머니 두 개로 총 다섯 개가 들어갔다. 이 세상에 없던 퀄리티로 만든 여성용 리넨 재킷이라고 감히 자부할 수 있을 정도였다.

여름에 출시된 터라 반팔 재킷이 더 잘 팔릴 줄 알았는데, 예상외로 긴팔 재킷이 먼저 품절되었다. '제대로 된'

리넨 재킷에 대한 소비자의 갈망이 얼마나 컸는지 알 수 있는 대목이었다. 내년에는 원단을 미리 확보해 리넨 셋업 제작을 서두르려 한다. 더 많은 여성분들이 진짜 리넨 제품을 경험할 수 있도록 말이다.

혼용률을 속이는 의류는 겨울 대표 상품인 패딩도 만만치 않다. '웰론' 패딩이 신소재로 주목받으며 유명해지자, 어느 순간부터 일반 솜이 웰론으로 둔갑하기 시작했다. 웰론은 국내 기업 '세은텍스'에서 2005년 특허를 받은 인공 충전재이다. 보온성은 동물의 털과 비슷하지만, 가격은 상대적으로 저렴하고 다시 부풀어 오르는 복원력 또한 뒤지지 않는다. 웰론이 혜성처럼 등장하기 전까지는 일반적으로 패딩에 '저(低)데니아 솜'이 사용됐는데, 이는 인형 충전재에 들어가는 수준의 솜이라고 보면 된다. 여기서 데니아란 실 한 가닥의 무게를 뜻하며 데니아가 낮을수록 얇고 부드러우며 가격이 높아진다. 웰론은 2데니아 이하로 마이크로화이버(파이버)로도 불리며 '저데니아 솜'으로 지칭되는 일반 솜들은 3데니아 정도다.
보세 시장에서 웰론 패딩은 도매가 7~8만 원에

거래되는 데 비해 일반 솜 패딩 도매가는 2~5만 원대이다 보니 웰론 패딩이 가격 경쟁력에서 점점 밀렸다. 거기다 일부 업자들이 일반 솜 패딩을 '웰론'으로 속여 팔기 시작하니 진짜 웰론이 설 자리는 점점 줄어들었다.

사실 패딩 충전재는 소비자가 직접 뜯어서 보지 않는 이상 확인할 수 없을 뿐더러, 실제로 뜯어서 본다고 해도 일반 솜과 웰론을 구분하기 어렵다. 식품처럼 첨가물이나 원산지를 표기하는 엄격한 규정 또한 없는 실정이니 판매자의 양심에 맡기 거나 세은텍스에서 발행하는 정품 택 말고는 확인할 길이 없다.

웰론 제품 구매 시 택을 꼭 확인하자.

F/W 시즌이면 거래처에서 패딩 조끼를 비롯해 여러 패딩 제품 샘플들을 보내는데, 한 업체에서 정말 좋은 원단과 봉제로 웰론 패딩을 만들었으

니 많이 팔아달라며 제품을 보냈다. 실제로 제품을 받아 보니 가격 대비 퀄리티가 괜찮았고, 제품에는 '프리미엄 웰론'이 찍힌 택까지 붙어 있었다. 혹시나 해서 거래처에 진짜 웰론이 맞는지 물어보니 의심이 되면 뜯으시라고, 뜯어볼 제품도 하나 더 보내주겠다며 자신 있게 나왔다. 진짜로 뜯어볼까 싶었지만 육안으로 구분이 힘들 것 같아서 세은텍스 택이 있는지 물었다.

거래처 담당자는 당황한 듯 우물쭈물하더니 확인 후 연락을 준다고 했다. 다음 날, 거래처에서는 장문의 문자로 세은텍스 웰론이 아닌 저데니아 솜 패딩이라고 실토했다. 그래도 열심히 만든 제품이니 잘 봐달라고 했다. 이런 식으로 소비자의 눈을 속여왔을 거라 생각하니 화가 났다. 문제는 이 업체만 그런 게 아니라는 점이다. 세은텍스의 존재조차 모르면서 '웰론 솜'이라고 붙여서 파는 업체가 정말 많다.

웰론과 더불어 '신슐레이트'도 동물 충전재 대체품으로 각광받고 있는 합성 보온 소재이다. 신슐레이트는 3M에서 제작한 것으로, 구매 시 3M 정품 택이 있는지 반드시 확인하자.

여성복은 아직 만들어지지 않았다

봉제

움직이면 찢어지는,
세탁하면 틀어지는

옷을 구매할 때 봉제선을 유심히 살펴본 적이 있는가? 업계 종사자가 아니고서야 봉제선이 어떻게 생겼는지 관심을 갖고 구매하는 사람은 거의 없을 것이다.

여성복에 널리 쓰이는 오버로크

　여성복은 종류를 가리지 않고 거의 획일화된 봉제법을 따르는데, 바로 '오버로크'이다. 지금 입고 있는 옷의 봉제선을 보면 여러 실 가닥으로 원단의 끝을 마무리한 게 보일 것이다. 이 오버로크는 기성복에서 가장 널리 사용되는 봉제법으로 원단 끝자락의 올이 풀리지 않게 해준다.

　오버로크가 가장 널리 사용된다는 건 그만큼 작업이 빠르고 간단하다는 뜻이다. 오버로크 기계에 원단을 넣으면 단 몇 초 만에 완성된다. 대학교에서 여성복을 배울 때도 주로 오버로크로 봉제를 마무리했었고, 지금까지 입어 왔던 옷도 그랬다.

그러나 남성복은 봉제에서도 차이가 났다. 티셔츠는 오버로크 제품이 다수였으나 바지나 아우터, 특히 셔츠류 는 대부분 '쌈솔' 방식으로 봉제되어 있었다. 쌈솔은 오버 로크처럼 원단 끝의 올이 풀리지 않게 하는 봉제법이라

내구도 면에서 차이가 나는 쌈솔

는 점에선 동일하지만 오버로크 에 비해 작업이 훨씬 더 까다롭다. 오버로크는 단 한 번의 박음질로 마무리되는 반면, 쌈솔은 박음질 을 한 뒤 다림질을 하고, 다시 한 번 박음질을 해야 해서 무려 세 번 이나 손이 간다. 손이 많이 갈수록 당연히 봉제 단가도 올라간다. 작업 과정은 복잡하지만 제 품 내구도가 올라가기 때문에 봉제선이 잘 틀어지지 않는 장점이 있다. 또한 오버로크로 마무리된 옷은 세탁을 자주 하면 너덜거리지만 쌈솔로 봉제한 옷은 두 번 박음질되어 훨씬 튼튼하다.

여성복을 판매할 때 쌈솔 봉제는 데님 제품에서나 가 뭄에 콩 나듯 보였기에 보세에서는 적용하기 힘든 봉제법 이라 생각했다. 그런데 남성복은 원단에 워싱 작업을 하는

게 일반화된 것처럼, 쌈솔 봉제도 널리 사용되고 있었다. 특히 바지류가 그랬는데 아무리 격렬하게 움직여도 옷이 안 뜯어질 만큼 봉제선이 견고했다. 물론 남성복도 아주 저렴한 제품들은 오버로크로 마무리됐지만 여성복에 비하면 그 수는 훨씬 적었다.

과거 중국 업체와 미팅을 앞두고 백화점에서 빨간색 와이셔츠를 18만 원이나 주고 산 적이 있다. 폴리에스테르 소재에 오버로크로 봉제된 제품이었고 드라이클리닝을 권장받았다. 물세탁을 해본 적은 없지만 워싱이 안 되어 있을 확률이 높으니 세탁기에 돌리면 옷이 줄고 봉제선이 풀리거나 뜯어졌을 것이다. 그런데 남성복에선 2만 원대 셔츠에도 쌈솔 봉제가 들어갔다. 원단에 워싱 가공이 되어 세탁기에 돌려도 변형이 적었다. 믿기 어렵겠지만 남성복 200여 벌을 확보해 비교해가면서 직접 확인한 결과이다. 내가 산 18만 원짜리 여성복 셔츠는 2만 원짜리 남성복 셔츠 퀄리티보다 못했다. 도대체 여성복에 얼마나 더 많은 돈을 지불해야 남성복과 동등한 퀄리티의 옷을 구매할 수 있는 걸까?

고밀도 원단에 쌈솔 봉제가 들어간 옷은 스포츠웨어라고 봐도 무방할 만큼 튼튼했다. 답답한 마음에 공장에 물어봤더니 남성들은 '활동성'이 많기 때문에 언제 어디서

든 활동에 제약이 없도록 옷을 튼튼하게 만든다고 했다. 이 말은, 여성복은 '활동성'이 많지 않은 혹은 없는 사람이 입는다는 전제하에 만들어진다는 뜻이었다. 사회가 규정한 '여성성'이 만들어낸 편견을 하루빨리 옷에서 걷어내야 했다. 운동 중 입어도 무리가 없을 만큼 움직임에 최적화된 옷을 만들어야겠다는 결심이 섰다.

남성복에서는 면 100% 소재의 제품을 제외하면 대부분 제품에 스판이 들어가는데, 이는 폴리에스테르 100% 소재를 많이 사용하는 여성복과는 상반된 현상이다. 잘 알려져 있듯 스판은 신축성이 뛰어나 자유로운 움직임이나 활동에 제약이 없다. 여남 옷 소재 차이 역시 봉제 차이와 같은 맥락에서 이해될 수 있다.

퓨즈서울 런칭 시기가 여름인지라 반바지를 만들었는데, 워싱 가공에 스판이 들어간 원단을 사용해 쌈솔 봉제로 마무리했다. 신축성이 좋고 봉제도 튼튼해서 반바지를 입고서 요가를 해도 몸에 걸리는 게 하나 없었다. 밑위도 조이는 것 없이 넉넉했다. 이런 바지들이 늘어나면 타이트한 레깅스 수요도 줄지 않을까 하는 기대도 해봤다. 많은 사람들이 레깅스가 편해서 입는다고 하지만, 사실 레깅스는 편한 의류가 아니다. 특히나 일상복의 영역으로 들어온 레깅스는 '몸매'를 신경 쓰도록 만들 뿐더러 통풍이 잘되지 않아 질염을 유발할 수 있고 손빨래를 해야 하는 제품도 많다. 레깅스 선호는 사실 최악보다는 차악을 선택하게 된 결과가 아닐까?

　몇 년 전부터 사람들이 즐겨 입는 슬랙스에서도 여남 제품의 봉제 차이가 잘 드러난다. '가름솔'은 두 개의 원단 끝에 각각 오버로크를 한 뒤 하나로 합쳐서 다시 박음질을 하고, 봉제선을 양 옆으로 갈라서 다림질을 해주는 것으로, 네 번이나 손이 가는 봉제법이다. 두 원단을 하나로 합쳐서 한 번에 박음질하는 오버로크의 경우, 시간이 지날수록 봉제선이 앞뒤로 뒤틀리면서 옷의 전체적인 균형을 망가트린다. 반면 가름솔로 봉제선을 마무리하면 시접이 양 옆으로 펴져 있기 때문에 변형 없이 오래 입을 수 있다. 봉제법 하나로 옷의 내구도가 달라진다는 사실은 전공자가 아니면 알기 어려운 게 사실이다.

　그런데 이렇게 좋은 가름솔을 '여성용' 슬랙스에선 거의 찾아볼 수 없다. 여남 옷은 봉제법에도 차이가 난다는 이야기를 주변에 했을 때 다들 믿지 않는 눈치였다. 박음질 하나에도 성차별이 있다 하니 황당하게 들렸을 거다. 그러나 남동생이나 주변 남성들의 옷과 자신이 입고 있는 옷을 비교해본 사람들은

옷의 균형을 잡아주는 가름솔 봉제

분노하기 시작했다. 실제로 강연을 나가 보면 원단이나 주머니 등을 설명할 때보다 박음질 차이를 보여줄 때 호응이 더 좋았다. 이제까지 막연하게 품어왔던 여남 옷 퀄리티 차이를 직접 눈으로 확인했으니 당연한 반응이다.

한번은 여남 옷 봉제 차이를 SNS에 올렸더니 여러 사이트에서 '비교 후기'가 쏟아졌다. SPA 매장에 가서 커플룩으로 나온 옷의 봉제를 비교했는데 남성복은 쌈솔이고 여성복은 오버로크였던 것이다. 의류업계에는 "남성복 마진을 여성복에서 메꾼다"는 소리가 있다. 우스갯소리로 넘길 게 아니라 이게 여성복의 현실 아닐까.

여성복 퀄리티가 떨어지는 현상은 신상품 출시 주기와 밀접한 관련이 있다. 보세 인터넷 쇼핑몰에 들어가면 '매일매일 업데이트되는 신상품' 같은 문구를 심심치 않게 볼 수 있는데, 실제 도매 시장에서도 매일같이 수많은 신상품들이 출시된다. 한겨울에 봄 신상품이 나오는 것쯤은 더 이상 놀랄 일도 아니다. 다른 업체들보다 더 빠르게 상품을 내놔야 시장을 선점할 수 있으니 말이다. 이는 여성복과 남성복에 똑같이 적용되는 사항이긴 하나 유독 여성복 시장이 더 민감하게 반응한다.

남성복 시장은 여성복과 흐름이 조금 달랐다. 우선 여성복처럼 하루에 수십 벌씩 신상품을 제작하는 도매 거래처가 거의 없었다. 신상품 주기는 빠르면 일주일 정도였고 대부분 한 달에 두세 차례 신상품이 출시됐다. 종류도 여성복에 비하면 훨씬 적었는데, 남성복의 한 달 치 신상품 수는 여성복의 일주일 치 신상품 수와 비슷했다. 한 달에 한 번 정도 신상품이 나오는 남성복 거래처도 있었는데, 이런 신상품들은 한번 나오면 수요가 없어질 때까지 온고잉(ongoing)하는 경우가 많았다. 한마디로 원단부터 봉제까지 전부 세세하게 신경 써서 제품을 출시하기 때문에 신상품 출시 주기가 여성복에 비해 상대적으로 느린 것이었다.

실제로 여성복과 남성복 발주를 동시에 넣어도 제품 출고 일자가 다르다. 여성복은 원단 워싱 가공도 복잡한 봉제도 주머니도 생략하기 때문에 원단만 준비되면 2~3일 안에 옷이 뚝딱 만들어진다. 반면에 남성복은 워싱 가공에 사흘, 봉제에 일주일 정도 소요되어 최소 열흘은 지나야 옷이 출고됐다. 슈트는 보통 출고까지 보름은 소요됐다. 사업 초기 여성복 공장과 거래하다 남성복 공장으로 바꿨을 때, 예상보다 긴 제작 시간 때문에 당황했던 적이 많았다.

여성복은 결국 '패스트 패션'이다. 여남 옷을 모두 판매하는 백화점이나 SPA 브랜드 매장만 봐도 알 수 있다. 백이면 백, 남성복 코너보다 여성복 코너가 훨씬 넓고 옷

종류도 다양하다. 그 이유가 여성의 다양한 취향을 존중해주기 위함이 아니라 더 잦고 많은 소비를 불러일으키기 위한 것이라면?

일부 남성들은 남성복이 여성복만큼 다양하지 않다고 불평하지만, 나는 그런 한탄을 할 수 있는 남성들이 부럽다. 남성복은 산업혁명 이후부터 기본, 절제, 겸손을 미덕으로 삼아왔고, 그래서 지금의 남성복 시장이 존재하는 것이다. 남성들은 의복에 많은 돈을 쓰지 않아도, 옷을 차려입지 않아도 충분히 권력적임을 기억해야 한다.

사이즈

들쑥날쑥한 사이즈 체계와
반복되는 선택 오류

인터넷 쇼핑몰에서 옷을 구매했다 사이즈 때문에 교환이나 반품을 해본 경험은 누구에게나 있을 것이다. A 쇼핑몰에서 M 사이즈를 사서 문제없이 입었는데 B 쇼핑몰에서 파는 M 사이즈 제품은 안 맞는 식이다. 처음에는 그저 대수롭지 않게 생각한다. 옷 하나 살 때마다 쇼핑몰에 나와 있는 상세 치수를 꼼꼼하게 비교도 해보지만 실패는 한 번으로 끝나지 않는다. 이런 경험 때문에 인터넷 쇼핑몰에서 옷 사는 걸 꺼리는 사람도 적지 않다. 그러나 온라인 쇼핑의 편리함을 선호하거나 다른 선택지가 없는 사람들은 교환, 반품에 드는 시간과 비용을 지불해가며 몸에 맞는 사이즈를 찾기 위한 긴 여정을 떠난다.

여성복 쇼핑몰을 운영하던 시절, M 사이즈를 구매했다가 L 사이즈로 교환하더니 다시 M 사이즈로 교환하는 식으로 사이즈 변경을 하는 소비자 수가 상당하는 걸 발견

했다. 이런 패턴을 보며 '의류 사이즈 체계가 일률적이라면 불필요한 교환, 반품 비용이 들지 않을 텐데'라는 아주 당연한 생각이 들었다. 4차 산업혁명 시대가 도래할 때까지 의류업계에 규격화된 사이즈 체계가 없다는 게 말이 안 됐다. 왜 사이즈 체계를 통일하지 않을까? 각 브랜드마다 가지고 있는 고유의 사이즈 체계 때문에? 그럼 브랜드가 아닌 보세 시장의 의류만이라도 체계화하는 건 불가능한 것일까?

놀랍게도 남성복은 고유 사이즈 체계를 가지고 있는 몇몇 브랜드를 제외하면 사이즈 체계가 비슷비슷했다. 남동생이나 남자 지인들에게 물어봐도 평소에 입는 사이즈만 알고 있으면 어디를 가든 옷을 사는 데 크게 무리가 없다고 했다. 옷 하나 살 때마다 상세 치수를 확인하고, 줄자로 재보고, 갖고 있는 옷과 비교해보고, 그럼에도 도착한 옷이 맞지 않아 낙담하는 쓰린 경험이 그들에겐 낯선 듯했다. 물론 남성복도 업체마다 또는 옷의 소재나 제품 특성에 따라 사이즈 차이가 나기도 한다. 그렇지만 그 차이는 M 사이즈를 입던 사람이 L 사이즈를 입을 정도의 차이지, 여성복처럼 M 사이즈부터 XXL 사이즈를 널뛰는 차이가 아니다. 내가 생각하는 여성복의 미래가 남성복에서는 '오래된 현재'였다.

중구난방인 여성복 사이즈 체계를 지적할 때마다 "여

성의 가슴과 골반 때문에 여성복은 남성복보다 라인이 더 많이 들어간다. 그래서 더 타이트하다고 느낄 수 있고, 라인이 많이 들어가는 의류라 사이즈 체계를 통일하기 어렵다"는 구구절절한 반론이 등장했다. 그렇다면 남성의 몸은 직선으로 만들어져 있는가? 남성들은 배가 나오지 않았는가? '굴곡진 여성의 신체' 때문에 여성복에 라인이 많아지고 사이즈 체계를 잡기 어려운 게 아니라, 업계의 개선 의지가 없는 게 아닐까? 사이즈 선택 오류로 인해 발생하는 재구매의 이득은 고스란히 업계의 몫이니까 말이다.

　　소비자들을 교란하는 건 여성복의 들쑥날쑥한 사이즈 체계만이 아니다. 여성복 보세 쇼핑몰에 많이 보이는 프리사이즈 옷에도 비밀이 있다. 상의가 유독 그러한데, 제품 정보를 보면 44~66 사이즈인 분들께 추천한다고 적혀 있다. 내가 여성복을 판매했을 때는 가슴 단면이 46cm 정도 되는 옷들을 프리사이즈라 칭했고, 50cm가 넘는 옷들은 빅사이즈 쇼핑몰에서만 볼 수 있었다. 과거의 나 역시 다른 쇼핑몰처럼 프리사이즈 상품에 44~66 사이즈인 분들께만 추천한다고 적었다. 그때는 그것이 당연한 줄 알았다. 왜 프리사이즈 상의가 가슴 단면 46cm에서 끝나는지 의문을 품지 않았다. 되돌아보면 정말 우스운 일이다. 프리사이즈(free size)는 말 그대로 '자유로운 사이즈'인데,

특정 숫자에 가둬놓고선 '프리'라 칭했으니 말이다.

90년대 레트로풍의 타이트한 상의가 유행하며 프리사이즈 왜곡 현상은 더욱 악화되었다. 옷이 타이트해도 쭉쭉 늘어나는 소재로 만들어졌기 때문에 프리사이즈라는 게 업계 설명이다. 이 유행이 한창일 때 어느 편집샵에 방문했다가 황당한 경험을 하기도 했다. 방문 목적을 잊고 순간 정말 아동복 코너에 들어온 줄 알았다. 하나같이 짧고 작은 옷들 때문에 아동복 코너로 착각한 나는 직원에게 여성복 코너는 어디 있냐고 묻기까지 했다. 여기라는 대답을 듣고 속으로 경악할 수밖에 없었다. 프리사이즈 여성복은 유행을 핑계로 점점 더 작아지고 있다.

그렇다면 하의는 어떨까? 보세 시장에서 판매하는 대부분의 하의(청바지 제외)는 S, M 혹은 M, L 사이즈만 있다. 보세 옷을 소비하는 여성들의 신체 사이즈가 두 가지로 나뉠 리는 없을 텐데, 보세 시장의 의류 사이즈 체계는 너무나 협소하고 비현실적이다.

보세 시장에서 취급하는 여성복이 점점 작아지는 원인을 나는 두 가지로 본다. 첫 번째 원인은 여성의 몸을 평가의 대상으로 삼고 '날씬함'에 과도한 의미를 부여하는 미디어의 영향이다. 2000년대 초반 스키니진이 전국을 강타하자 '각선미' '꿀벅지' '베이글녀' 같은 온갖 여성 혐오적인 수식어가 등장했고, 미디어는 그것이 마치 여성이 가질 수 있는 최고의 권력인 양 찬양하기 시작했다. 동시에 아이돌 문화가 크게 떠오르며, 그들이 하는 운동부터 입는 것 먹는 것까지 하나의 유행처럼 번졌다. 타이트한 스키니진을 입었을 때 걸그룹 같은 매끈한 바지핏이 나오려면 무조건 적게 먹어야 했고, 다리 라인을 일자로 만들어준다는 다리 운동도 꾸준히 해야 했다. 이러한 유행은 당연히 보세 시장에 영향을 끼쳤고, 업체들은 스키니진을 비롯한 타이트한 의류들을 경쟁적으로 만들어냈다. '여자가 50kg을 넘으면 자기 관리를 못 한 거다'라는 식의 분위기는 여성들로 하여금 큰 사이즈의 옷을 입는 걸 수치스럽게 생각하도록 압박했다. 그렇게 L 사이즈 이상의 옷 수요가 줄어들면서 보세 여성복 시장에는 S, M 사이즈만 남게 된 것이다.

사이즈 선택지만 줄어든 게 아니다. 각 사이즈에 해당하는 평균 치수도 덩달아 줄었다. 약 15년 전, 55 사이즈 패턴으로 옷을 만들었을 당시 허리 27인치가 55 사이즈였다. 현재는 허리 25~26인치가 55 사이즈에 해당하며, 44 그리고 S 사이즈는 허리 24~25인치, 66 그리고 L 사이즈는 허리 26~27인치로 줄었다. 여성복이 점점 작아지는 현상과 20~30대 여성 사이에서 저체중이 증가하는 현상은 서로의 원인과 결과가 된 것으로 보인다.

남성복은 어떨까? 아이돌 문화에 영향을 받은 건 여

성만이 아닐 테니 남성복도 사이즈가 단순해지거나 평균 치수가 줄지 않았을까? 그러나 미디어에서 철저한 기득권을 차지한 남성들에겐 그 누구도 '몸매 코르셋'을 씌울 수 없었다. 미디어가 '날씬한 여성'을 강조하며 이 기준에 부합하는 여성들을 집중 조명한 반면 남성 출연자에게는 외모, 나이 같은 외적 기준을 동일하게 적용하지 않았다. 미디어 속 남성들의 모습은 여성에 비해 다양하며 이는 남성복 시장에도 똑같이 적용된다.

커플룩으로 출시된 상의(좌: 남성용, 우: 여성용)
여성용은 아동복 수준으로 작다.

물론 남성복 시장에도 프리사이즈 의류가 많다. 남성복 프리사이즈 상의 수백 벌의 가슴 단면을 직접 재봤더니 평균 가슴 단면이 약 63cm 정도였다. 여성복 프리사이즈 가슴 단면과 약 17cm나 차이가 나는 셈이다. 44~66

사이즈에 가둬버리는 여성복 프리사이즈 옷과 달리 남성복 프리사이즈는 진짜 '프리' 사이즈였다. 이처럼 현실에서 외모 압박은 여성에게 집중된다. 실제로 비만율은 남성이 여성보다 1.8배 높으며, 반대로 저체중인 여성은 남성보다 4배 가까이 많다고 한다. (출처: 국민건강보험공단, 《2017년 비만백서》) 이러한 수치는 남성복 시장에서 S 사이즈가 점차 없어지는 추세와 무관하지 않은 것으로 보인다. 여성복 시장에서 L 사이즈가 사라지고 있는 것과는 정반대의 흐름이다.

보세 여성복이 점점 작아지는 두 번째 원인은 중국 의류의 다량 유입이다. 사드로 인해 한한령이 내려졌지만 중국 의류 시장에 미치는 한류의 영향은 여전하다. 중국 온라인 패션몰 1위인 '한두이서(韓都衣舍)' 브랜드명의 뜻은 '한국의 옷을 파는 곳'이다. 한두이서 홈페이지에는 익숙한 한류 스타의 얼굴과 어색한 한글이 등장한다. 한국 스타일을 모방하여 폭발적으로 성장한 한두이서는 한국 스타일을 한국보다 더 잘 따라 하는 중국 브랜드로 한한령의 영향을 받지 않았다.

한국 스타일의 옷을 만드는 중국 공장들이 자연히 많아졌고, 이 공장에서 만드는 옷들은 국산 의류와 비교할 수 없을 만큼 저렴했기에 국내로 쏟아지는 건 시간 문제였다. 다만 이 옷들은 중국인의 신체에 맞춰 제작했기 때문에 당연히 국내에서 제작된 옷들과 사이즈 면에서 차이가 났다.

5년 전 내가 보세 의류 시장에 진입했을 때만 해도 중국에서 사입한 의류들은 싸구려 취급을 받았다. 실제로 가격도 많이 저렴했고, 퀄리티도 낮았다. 업체 열 곳 중 세 곳 정도만 중국 의류를 취급할 정도로 비주류였으나, 시간이 지날수록 중국 의류의 퀄리티는 높아지고 국내 인건비는 치솟아 현재 열 곳 중 여섯 곳이 중국 의류를 취급할 정도로 상황이 역전됐다. 소비자 입장에서는 괜찮은 퀄리티의 옷을 저렴하게 살 수 있는 기회처럼 보이지만, 사이즈 체계가 다른 중국 옷이 유입되면서 국내 보세 시장의 생태계가 망가지기 시작했다.

인터넷 쇼핑을 하다 보면 M, L 사이즈만 있는 제품들을 많이 볼 수 있다. 처음엔 S 사이즈 수요가 없어서 그런 건가 생각했다. 확인해보니 M, L 사이즈만 판매하는 업체들의 제품 99%는 중국 사입 의류들이었고, 이 중국산 의류는 S 사이즈가 한국의 33, M 사이즈가 44, L 사이즈가 55에 해당했다. 한국에 수입되며 M, L 사이즈로 팔리는 이 제품들은 실제 국내의 S, M 사이즈에 해당되며, 소비자 입장에서는 이 점을 알 턱이 없으니 평소에 입던 사이즈대로 옷을 구매하다 낭패를 보는 것이다. 중국 옷의 유입은 이런 식으로 소비자들에게 혼란을 일으켰고, 사이즈 선택에 피로감을 느끼는 소비자들이 많아지자 보세 시장은 수요가 적은 M 사이즈 중국 옷을 들이지 않고 L 사이즈만 사입하여 한국에서 '프리사이즈'로 이름을 붙여 팔기 시작했다.

미디어의 영향으로 마른 체형이 선호되고, 중국산 의류의 유입으로 사이즈 체계가 망가지며 프리사이즈 의류가 득세하게 된 상황을, 보세업계는 쌍수를 들고 환영했다. 사이즈 종류가 줄어드니 재고 관리가 용이하고, 홀쭉해지는 여성들 덕분에 원단 요척(옷을 제작할 때 소요되는 원단의 양)이 줄어드니 적은 원단으로 더 많은 옷을 만들어낼 수 있기 때문이다. 퀄리티가 하향 평준화되면서 중국 의류 퀄리티와 비슷하게 옷을 만들어도 소비자는 잘 모르니 공임까지 줄었다.

프리사이즈 의류가 많아지는 현상은 소비자가 사이즈를 고민하지 않도록 편의를 높여주는 것처럼 보이나 반대로 생각하면 사이즈 선택권을 뺏는 것이기도 하다. 사이즈 선택지가 줄어들면 옷에 몸을 맞출 수밖에 없다. 그래서 "옷에 맞춰 살 빼야겠어요" 같은 후기가 계속 올라오는 것이다. 문제의 원인을 자신으로부터 찾게 함으로써 사회가 정상으로 규정한 사이즈 체계에서 벗어나는 것은 수치스럽고 공포스러운 일이라는 메시지를 전한다.

프리사이즈 의류가 확산되면서 보세 쇼핑몰에서 벌어지고 있는 이상한 현상이 있다. 모델이 프리사이즈 의류를 착용할 때 뒤를 옷핀으로 고정해 본래와는 완전히 다른 핏을 연출하는 것이다. 프리사이즈 의류는 마른 모델에게 맞지 않아서 자루 같은 핏이 나오고 그대로 촬영하면 볼품없으니 뒤를 고정하는 것이다. 사진 속 모델을 보면 분명 내가 원하던 핏인데 막상 받아서 입어보면 생각했던 핏이 나오지 않는 기막힌 상황…. 인터넷 쇼핑을 해본 적 있는 사람이라면 누구나 격하게 공감할 것이다. ("모델이 허리에 팔꿈치를 대고 손을 앞으로 내밀고 있는, 일명 티라노사우루스 포즈를 하고 있는 옷은 믿고 걸러라" 같은 우스갯소리가 나돌 정도다.) 컴플레인이 들어오면 판매자는 "체형에 따라 핏이 다르게 나올 수 있다"며, 모델 체형과 같지 않은 소비자 탓인 양 책임을 전가한다.

모델 신체에 맞게 옷의 핏을 수정하는 건 여남 의복 할 것 없이 패션계의 오래된 관습이긴 하다. 그러나 S 사이즈를 착용하는 사람이 타 브랜드 S 사이즈를 착용했을 때 조금 안 맞는 부분을 수정하는 정도였지, 지금처럼 프리사이즈 옷이 전혀 맞지 않는 모델한테 억지로 입혀서 과도하게 연출하는 방식은 아니었다. 프리사이즈 옷은 모델처럼 마른 사람에게도, 체격이 큰 사람에게도 잘 맞지 않는 옷이다. 결국 프리사이즈 옷의 득세는 만들어진 유행이라고밖에 볼 수 없다.

최근 들어 심미성보다는 편리함을 좇는 소비자가 점

점 늘어나고, 불편한 스키니진에서 와이드팬츠로 유행이 바뀐 것은 미디어의 영향도 중국 옷의 영향도 아닌 편안함을 찾는 인간의 자연스러운 본능 때문이 아닐까. 여성 혐오와 코르셋이 가득한 사회에서 머리를 기르고, 불편한 브래지어를 하고, 타이트한 스키니진을 입으며 살아가는 여성들도 긴 머리가 집중할 때 방해가 된다는 걸, 브래지어가 답답증과 소화불량을 유발한다는 걸, 통 넓은 바지가 스키니진보다 훨씬 자유롭다는 걸 알고 있다. 여성에게만 주어지는 요구들이 유해하다는 걸 너무나 잘 알기에 '프리'라는 단어에 더 쉽게 현혹되는 것일지도 모른다.

퓨즈서울에도 프리사이즈 옷이 있다. 일반 여성복 프리사이즈와 달리 대부분 가슴 단면이 58cm를 웃도는 정도인데, '프리사이즈'라는 표현을 지양하고 가급적이면 '원사이즈'라는 단어를 사용하려고 한다. 누군가에게 프리사이즈라는 단어가 박탈감을 줄 수 있기 때문에 '이 옷은 사이즈가 하나인 옷일 뿐이지 자유로운 사이즈의 옷이 아니다'라는 점을 분명히 짚어두고 싶었다. 고객층이 다양해지면서 프리사이즈 옷의 비중을 줄이고 현재는 사입 제품을 제외한 80%가 넘는 자체 제작 의류들의 사이즈를 세분화해 판매하고 있다.

패션 유행이 크게 5년 주기로 돈다고 하면, 가슴 단면이 46cm밖에 안 되는 프리사이즈 옷의 유행은 이제 수명을 다했다. 한국 사회에 페미니즘과 탈코르셋 바람이 불면서 여남 공용 쇼핑몰들이 늘어나고 갈수록 수요도 많아지고 있다. 또한 해외 브랜드들 사이에서 '젠더리스룩'이 유행하면서 국내의 눈치 빠른 일부 기업들이 젠더리스룩을 서둘러 만들어내고 있다. 이 긍정적인 방향이 여성들에게 진정한 'free'를 가져다주기를!

대학생 때 생활비를 벌기 위해 시내 옷가게에서 아르바이트를 했었다. 주 타깃층은 20~30대 여성이었고, 단정한 블라우스와 신축성 좋은 청바지가 많았다. 어느 날 한 손님께서 "여기에 미씨(미시) 옷도 있나요?" 하고 조심스럽게 물으며 매장을 둘러보기 시작했는데, 사장님은 웃으며 "여기는 아가씨 옷 매장이에요"라고 응대했다. 내겐 '아가씨 옷'이라는 단어가 굉장히 의아하게 들렸다. 혹시라도 손님이 기분 나빠하면 어쩌나 싶어 눈치가 보였는데, 손님은 "아, 그렇구나" 하며 불편한 기색 없이 매장을 빠져나갔다.

'미씨'라는 단어는 어디선가 들어봤었지만, '미씨 옷' '아가씨 옷' 구분해서 판매한다는 건 그때 처음 알았다. 시간이 흘러 동대문 도매 시장에서 사입을 하면서 알게 됐다. 여성복에는 '아가씨 옷' '미씨 옷' '아줌마 옷' 이렇게 세 종류가 있다는 걸. TPO와 사이즈, 본인 취향만 맞으면 나이에 상관없이 어떤 옷이든 입어도 된다는 내 생각과 달리 업계는 여성복을 나이를 기준으로 나누고 있었다.

왜 여성복만 연령별로 나뉘져 있나 찾아봤더니, 여성은 출산 전후로 체형 변화가 커서 그렇다고 한다. 그럼 남성들은 나이가 들어도 체형 변화가 없나? 아니다. 노화는 여남 모두에게 온다. 출산을 못 하는 남성들도 시간이 흐를수록 체중이 불거나 흡연과 음주로 배가 불룩하게 나온다.

여성이 출산으로 인해 체형 변화를 겪는다면 변화된 몸에 맞는 사이즈를 입으면 되지 굳이 '아줌마 옷'이라고 지칭할 필요가 없다. 나이를 기준으로 여성복을 분류하는 행태에는 여자에게 나이라는 잣대를 엄격하게 들이대는 사회의 차별적인 분위기가 그대로 반영되어 있다는 것을 기억해야 한다.

벨트

옷에 몸을 맞추는
오래된 습관

타이트한 여성복 바지를 입으면서 벨트를 찬 적이 있는가? 아마도 기능적 필요보다는 패션 아이템으로 착용한 경우가 더 많을 것이다. 반면 남성들은 하의 종류를 불문하고 벨트를 자주 매는 편이다. 어떤 연유로 벨트는 '슈트의 매너'라고까지 불리며, 남성복의 필수 요소로 자리매김하게 된 걸까?

처음엔 사냥에 용이하게끔 주머니나 검집을 매다는 용도로 벨트가 생겨났다고 한다. 그러다 보니 벨트는 자연스럽게 남성들의 전유물이 되었고, 이후 전투복에 도입되었다가 기성복으로 넘어오게 되었다. 제1차 세계대전은 여성복에도 영향을 미쳤는데, 군복에서 영감을 받아 벨트로 여밀 수 있는 데이웨어(daywear)가 여러 컬렉션에서 등장했다. 전쟁 중에는 남성들을 대신해 여성들이 대거 공장에 투입되며 벨트 착용이 보편화되었다.

이처럼 벨트는 인간이 검을 들고 사냥을 하면서부터 남성과 함께해왔지만, 여성복에 도입된 지는 불과 100년이 되지 않는다. 그마저도 남성들의 빈자리를 메꾸기 위해 '잠깐' 사용되었다가, 전쟁이 끝난 이후 여성이 가정으로 돌아가게 되면서 벨트는 여성복과 다시 멀어지기 시작했다. 여성들이 코르셋을 착용했던 500년 역사에 비하면 터무니없이 짧은 기간이다.

남성들이 자주 착용하는 벨트는 밖으로 노출되어 있으며, 옷이 흘러내리는 것을 방지하는 실용적인 아이템이다. 여유가 있는 옷이라도 벨트로 허리에 맞춰 조여주기만 하면 맞춤복처럼 잘 맞으니 수선하거나 굳이 새로운 옷을 사야 할 필요도 없다. 벨트는 주로 질긴 소재로 제작되어 그 수명 또한 매우 길다.

반면 여성들이 자주 착용하는 브래지어는 안으로 꼭꼭 숨겨져 있다. 제품 수명은 대개 6개월로 매우 짧으며, 유방이 처지는 것을 방지하고 모양을 예쁘게 잡아준다고 하지만 그 효과가 과학적으로 증명된 것은 아니다. 오히려 브래지어 착용으로 인한 소화불량이나 통증 같은 부작용에 관한 연구 결과가 꾸준히 나오고 있다. 브래지어는 애초부터 코르셋에서 파생되어 코르셋을 간소화한 제품이기 때문에 실용적이거나 편리할 수가 없다.

벨트가 남성 중심의 물건이라는 생각은 나의 막연한 망상이 아니다. 일례로 남자 아이돌 무대에서도 벨트를 잡고 동작을 취하는 안무를 어렵지 않게 볼 수 있다. 한번은 매거진 화보 촬영장을 방문할 기회가 있었는데, 포토그래퍼가 모델에게 '남성적인' 포즈를 요구하면서 보여준 시안 역시 양손으로 벨트를 잡고 있는 모습이었다. 벨트는 남성성의 대표적 상징으로 미디어에서 소비되고 있었다.

벨트가 여성복에서 거의 사용되지 않는 이유가 뭘까? 남성들이 벨트로 '몸에' 옷을 맞출 때 여성들은 오래전부터 코르셋을 입어가며 '옷에' 몸을 맞췄기 때문이다. 역사 속 기괴한 코르셋이 없어진 지금도 상황은 별반 다를 바 없다. 점점 작아지는 옷들을 따라 여성들도 야위어가고 있다.

2020년 초, 한 청바지 업체에서는 S 사이즈를 22인치로 출시하기도 했다. 매해 출시되는 S 사이즈 옷들이 작아져도 사람들은 다이어트를 할 뿐 작아지는 옷을 탓하지 않는다. 이처럼 옷이 갈수록 타이트해지면? 당연히 벨트는 필요가 없다. 그래서인지 여성복 바지 중에는 아예 벨트고리조차 없는 것들도 많다.

2000년대 초반부터 근 15년간 여성복 바지의 대세는 골반 바지, 반골반 바지로 밑위가 매우 짧은 게 특징이었다. 밑위 길이는 여남 바지의 가장 큰 차이점이기도 하다. 처음엔 남성은 성기가 돌출되어 있으니 바지 밑위 길이가 긴 게 아닐까 막연히 생각했다. 그런데 여성은 골반과 엉덩이가 발달했다. 그렇다면 밑위가 더 길거나 남성복과 비슷해야 하지만, 일반적으로 여성복 하의는 남성복 하의보다 밑위가 짧다. 남성복 하의는 평균 밑위 길이가 28~32cm 정도로 입었을 때 끼거나 달라붙지 않았다. 물론 디자인에 따라 간혹 밑위가 짧은 제품이 있긴 하나 그 개수는 상대적으로 적었다. 여성복 하의는 골반 바지, 반골반 바지가 유행했을 땐 밑위 길이가 21cm 전후로 굉장히 짧았다. 지금은 하이웨이스트 바지가 유행이라 밑위 길이가 28~30cm 정도인 제품이 많이 제작되지만, 또 언제 밑위 짧은 바지가 유행할지 모를 일이다.

골반 바지나 반골반 바지에 벨트를 착용할 경우 벨트가 허리가 아닌 골반이나 아랫배 쪽에 위치하게 되는데, 결과적으로 제 기능을 할 수 없을 뿐더러 매달 정혈통을 겪는 여성들에게는 불편하기까지 했을 것이다. 뿐만 아니라 벨트로 허리를 꽉 묶어서 몸매 라인을 강조하는 벨티드 패션이 유행하면서, 여성들에게 벨트는 답답하고 불편한 것이라는 인식이 더욱 강해졌다.

남성들에게 벨트를 왜 착용하냐고 물어보면, 대부분

허리와 골반이 일자로 떨어지기 때문에 바지가 흘러내릴 수 있어서 벨트를 한다고 했다. 모든 사람의 몸에 딱 맞출 수 없는 기성복에, 움직임이 많은 사람이 착용한다는 점을 감안하여 여유분까지 넣어 제작했으니 옷이 흘러내리는 것은 당연하다. 벨트를 착용할 수밖에 없는 이유다. 여성복은 여성복 시장을 진두지휘하는 대다수의 남성들에 의해 '허리보다 골반이 넓기 때문에 벨트가 필요 없을 것'이라는 '가정'하에 제작된다. 사실 여성이 남성보다 골반이 넓기 때문에 옷에 여유가 더 많아야 자연스럽지만 현실은 그렇지 않다. '여성의 신체 특성'을 운운하며 말도 안 되는 핑계로 여성복을 타이트하고 불편하게 만들다 보니 소비자들이 사이즈에 민감할 수밖에 없다. 처음부터 지금까지 줄곧 불편한 옷을 입어왔으니 어떤 부분이 잘못된 것이고 이상한지도 알아차리기 어렵다.

다행이라고 해야 할지, 최근 여성복 바지 대신 남성복 바지를 찾는 여성이 늘어나고 있다. 차선으로 남성복 바지를 입긴 하지만 정확히 어디가 불편한지 모르겠다는 질문을 자주 받는다. 남성복 바지는 상대적으로 골반과 엉덩이가 덜 발달된 남성의 몸에 맞춰져 있기 때문에 여성이 입었을 때 엉덩이는 끼고 허리는 남는다. 나는 엉덩이에 맞춰 허리 쪽을 수선하는 걸 권하는 편인데, 허리에 맞춰 엉덩이 쪽을 수선하게 되면 바지핏이 많이 달라져버린

남성복 바지를 구매할 때
고려하면 좋은 핀턱 주름

다. 바지의 중심은 허리라고 생각하기 쉽지만 사실 엉덩이가 중심이다. 그래서 바지를 구매할 때는 엉덩이에 맞추되 허리나 다리통을 줄여야 한다. 하나 더, 남성복 바지를 구매해야 한다면 앞쪽에 '핀턱' 주름이 들어간 제품을 고르자. 주름 덕에 여유가 있어 골반 걸림 없이 좀 더 편하게 입을 수 있다.

몸을 조이는 바지를 거부하는 것, 벨트를 차고 몸에 옷을 맞추는 것은 기존의 여성복에 반기를 드는 행위일 수 있다. 이는 인간답게 옷을 입을 권리를 행사하는 것이자 남성과 대등해지는 하나의 과정으로 탈코르셋에서도 중요한 포인트가 된다.

퓨즈서울 초창기부터 벨트의 중요성을 외치며 바지를 판매하고 있지만, 벨트는 여성들에게 아직은 낯설고 불필요한 제품으로 여겨지는 듯하다. 편리하고 실용적인 옷을 구매할 생각으로 퓨즈서울을 찾았건만 습관처럼 몸에 딱 맞는 제품을 사는 소비자들이 많다. 퓨즈서울의 옷은 애초에 몸에 딱 맞춰서 입도록 디자인한 옷이 아니기 때문에 사이즈 오류가 발생하는 것이다. 보통 이런 경우에는 한 치수 더 큰 걸 구매하도록 추천한 후 벨트 착용을 권장한다. 바지를 구매할 때 엉덩이 사이즈를 기준으로 구매하시라 말씀드린 것처럼, 바지를 입었을 때 엉덩이 둘레에 손가락 한 마디 길이 이상의 여유가 있어야 적당하다. 그래야 바지를 입고 움직일 때 걸리는 것 없이 편안하다.

벨트 착용을 권하자 "평소보다 바지를 여유 있게 입어서 편하긴 한데, 벨트를 하니까 허리 부분이 쭈글쭈글해요" 같은 후기도 자주 보였다. 벨트를 너무 꽉 조인 탓이다. 벨트는 바지가 '흘러내리지 않게끔'만 매면 된다. 몸에 꼭 맞게 옷을 입어야 한다는 생각을 이제는 놓아줘야 한다.

벨트나 사이즈에 대해 이야기할 때마다 마르거나 체구가 작은 소비자들의 문의가 잇따른다. 벨트를 해도 한계가 있으며, 여남 공용 의류를 입고 싶어도 사이즈 때문에 어려우니 더 작은 사이즈의 옷을 만들어달라는 요청이다. 현재 퓨즈서울에선 XS 사이즈 옷을 판매하고 있다. 그러나 이보다 더 작은 옷을 만드는 것이 장기적으로 봤을 때 도움이 될지 판단이 안 섰다.

남동생은 태어날 때부터 매우 왜소했다. 고등학교 2학년 때까지도 아동복을 입을 정도였다. 기성복을 입으려면 무조건 허리를 수선해야 했고, 벨트도 맞지 않아 고무줄 바지만 입고 다녔다. 아무리 많이 먹어도 살이 찌지 않으니 매우 힘들어했다. 남자들 사이에서 덩치가 작다는 건 수치스러운 일인지 몸집이 커 보이는 옷을 주로 입고 다녔다. 지금은 꾸준한 운동과 노력에 힘입어 남성복 S 사이즈를 입을 정도가 되었고, 이전보다 옷을 살 때 스트레스도 덜 받는 눈치다. 내 동생뿐만 아니라 대부분의 마른 남성들이 표준체중을 위해 근육 운동을 한다.

성별이 바뀌어도 상황이 같을까? 사회는 여성의 마른 몸을 찬양한다. 작은 옷을 만들고 파는 것은 단순히 그 행위 이상을 의미한다고 생각한다. 나는 여성들이 야위어 가기를 약해지기를 바라지 않는다. 우리는 코르셋으로 이미 500년 넘게 고통받아왔다. 언제까지 뼈를 깎는 고통을 무릅쓰고, 지방 분해 주사를 맞고, 살 빼는 약을 먹으면서 시간과 돈을 낭비해야 할까? 여성의 존재를 자꾸만 축소하려는 힘에 이제는 맞서야 한다.

현장 비교

국내외 대표 SPA 브랜드
7곳을 중심으로

히든 스트레치 밴딩이라는 기능을 아는가? 나는 이 밴드를 남성복을 막 공부하기 시작한 시기에 처음 접했다. 솔직히 이런 기능이 있다는 걸 모른 채 옷 장사를 해왔다는 사실이 창피할 정도였다. 사이즈 선택 시 발생하는 실패를 줄이기 위해 개발된 히든 스트레치 밴딩은 제작 과정이 매우 까다롭다고 한다. 국내에서 작업하는 공장이 다섯 손가락 안에 꼽을 정도로 적어 대부분 해외에서 제작되는 실정이다. 남성복에서는 히든 스트레치 밴딩이 약 6년 전, 홈쇼핑에서 히트를 친 뒤 이미 널리 보급되어 있었다. 다만 제작 과정이 까다로운 만큼 기성복에서는 단가 절감을 위해 저렴이 버전으로 출시되고 있었는데, 여성복에선 이런 밴딩이 붙은 슬랙스를 찾아보기 어렵다.

퓨즈서울 초창기에 히든 스트레치 기능이 있는 남성복을 보여주며, 기존 거래처인 여성복 공장에 슬랙스 샘플 작업을 의뢰했다. 공장 사장님은 이런 복잡한 봉제는 해본 적이 없다며 난색을 표하셨지만 이내 샘플을 제작해 보내 주셨다.

　샘플은 가히 충격적이었다. 작업 의뢰 당시 보여드린 남성복과 달리 안사양은 모두 오버로크로 처리되어 있었고, 허리에 들어가야 할 심지는 생략됐는지 밴드 무게를 이기지 못해 허리춤 전체가 쭈글쭈글했다. 이 공장에서 출고되는 여성복 슬랙스 제작 단가는 내가 처음 가져간 남성복 슬랙스 제작 단가와 비슷한 수준이었다. 이해할 수 없는 상황이었다. 여성복 공장, 남성복 공장에서 비슷한 단가로 제작된 제품의 퀄리티 차이는 현재의 여남 의복 차이를 그대로 보여주는 듯했다.

　결국 여성복 공장은 포기하고 남성복 공장을 찾아가 여성 신체 사이즈를 고려한 '여성용 슬랙스'를 제작하기 시작했다. 허리에 히든 스트레치 밴딩 기능을 넣고, 시접에 전부 바이어스 테이프를 둘러서 살이 봉제선에 쓸리지 않도록 했다. 결과는 만족스러웠다. 밑위가 조이지 않았고 허리 또한 안정감 있었다. 다만 봉제가 까다롭다 보니 판매가가 다소 높았는데, 우려와 달리 "불편한 바지 두 벌 살 바에 편안한 바지 한 벌 사는 게 낫다"는 반응이 압도적이었다. 제품을 판매할 때도 기능성에 중점을 두고 소개했더니 금세 입소문이 나서 주문량이 급증했다.

히든 스트레치 밴딩뿐만 아니
라 셔츠 빠짐을 방지하는, 슬랙스
안쪽의 실리콘 테이프부터 사이즈
조절이 편리한 스프링 후크(훅),

수많은 포켓까지 여성복에서는 쉽
게 보기 어려운 기능들이 남성복
에는 상용화되어 있다. 여기에 최

여성복에서는 보기 드문
스프링 후크

첨단 기술이 적용된 기능성 원단들로 남성복은 제작되고
있다. 이 글을 읽고 나면 더 이상 여성복이 곱게 보이진 않
을 것이다.

앞으로 내가 수집한 샘플들을 비교하며 여남 의복
의 현실을 여과 없이 보여줄 텐데, 샘플 수집 시 몇 가지
조건을 두었다. 첫째, 동일 브랜드에서 비슷한 가격대의
여남 제품을 비교할 것(가격 차이는 2만 원 이하여야 한
다). 둘째, 가격 차이가 많이 나더라도 동일 브랜드에서 같
은 여남 시리즈로 나온 제품이면 제외하지 않을 것. 셋째,
2020년 F/W 시즌 신상품일 것. 넷째, 매장에서 바로 구매
할 수 있는 제품일 것. 물론 이 샘플들이 시장 전체를 대변
한다고 볼 수는 없으나 매장에서 쉽게 살 수 있는 제품들
로 비교를 했으니 비교 결과를 믿기 어렵다면 가까운 옷가
게로 가서 직접 확인해봐도 좋다. 원래는 보세 옷을 대상

으로 샘플을 수집하려 했으나 동일 브랜드에서 여남 옷을 어떻게 다르게 제작하는지 보여주기 위해 SPA 브랜드로 한정해 조사했음을 미리 알려둔다.

외국 SPA 브랜드인 A 브랜드에서 2020 F/W 신상품으로 출시된 동일 가격의 야상재킷을 여남 매장에서 각각 구매했다. 남성용 야상에는 안주머니 포함 주머니가 일곱 개나 달려 있었다. 원단이나 제작 퀄리티는 여남 비슷한 수준이긴 했으나 여성용 야상에는 겉주머니 두 개뿐이었고 디자인에서도 차이가 났다. 여성용 야상재킷에는 허리를 조이는 디테일이 들어가 있는 반면, 남성용 야상재킷에는 외풍을 막을 수 있게 소매를 조이는 벨크로(찍찍이) 디테일이 추가되었고 앞여밈이 지퍼와 벨크로로 이중 처리되어 있어 보온에 집중한 디자인이었다. 여성 신상품 아우터류에는 전부 안주머니가 없었고, 페이크 가슴 주머니가 달린 재킷이 흔했다. 점퍼와 코트, 재킷 등 여성 아우터류는 전부 평균 주머니 개수가 두 개를 넘어가지 않았다.

바지는 여남 둘 다 4만 원 후반대로 저렴하지 않았지만, 남성용 면바지에는 고시우라(inside waist band, 바지 허리 안쪽에 넣는 안감)를 넣고 가름솔 처리를 하여 마감 퀄리티를 높였으며, 대부분의 남성용 바지에는 허리에 밴딩을 덧대어 착용자의 체형에 맞게 자연스럽게 늘어나도

남

여

록 했다. 또한 남성복 면바지 사진에서 확인되듯 허리 안쪽에 끈이 달려 있어 갑자기 단추나 후크가 떨어지더라도 걱정할 필요가 없어 보였다.

여성용 바지는 남성용과 가격대가 비슷했으나 남성용만큼 안사양 퀄리티가 높지 않았고, 남성용에 필수로 들어간 허리 밴딩과 가름솔 봉제는 찾아볼 수 없었다. 주머니 깊이에서도 크게 차이가 났는데, 여성용 바지의 평균 주머니 깊이가 16cm인 반면 남성용 바지의 평균 주머니 깊이는 30cm로 여성용보다 약 두 배 정도 깊었다. 그중 남성용 면바지 왼쪽 주머니 안에는 약 14cm 깊이의 히든 주머니가 숨어 있었는데, 매장에 물어보니 동전 주머니라는 답변을 받았다. 동전을 많이 사용하는 현지 분위기를 반영해 몇몇 제품군에는 동전 주머니를 넣는다고 했다. 말이 동전 주머니지, 담배나 볼펜처럼 길쭉한 물건도 충분히 소지할 수 있을 정도의 깊이였다. 내가 샘플을 수집할 당시, 매장에서는 동전 주머니가 달린 여성용 바지를 찾을 수 없었다. 외국 여성이라고 동전을 들고 다니지 않는 것도 아닌데 말이다.

A 브랜드는 내가 조사한 브랜드 중 같은 가격 대비 여남 옷 퀄리티 차이가 제일 심했는데, 브랜드의 방침인지 우연의 일치인지 여남 매장이 바로 옆에 붙어 있음에도 불구하고 벽으로 가로막혀 쉽게 왕래할 수 없는 구조였다.

A 브랜드 바지 비교

고시우라

국내 SPA 브랜드인 B 브랜드에서는 동일한 가격의 슬랙스를 비교했다. 남성용 슬랙스는 여밈이 후크와 단추 두 가지로 되어 있는 반면 여성용 슬랙스의 여밈 장치는 후크뿐이었다. 브랜드와 보세를 막론하고 여남 바지에서 차이가 두드러지게 드러나는 부분이 바로 '후크'다. 여성용에 사용되는 후크는 손바느질로 고정을 하는 방식이라 착용 중 실이 풀리며 뜯어지는 경우가 잦다. 남성용 후크는 원단에 철심을 박아 기계로 고정하기에 원단이 찢어지지 않는 이상 후크가 떨어지지 않는다. 동대문 부자재 시장에만 가도 후크는 '여성용' 후크, '남성용' 후크로 불리며 구분해 판매되고 있다. 예상할 수 있듯 여성용 후크는 남성용 후크에 비해 훨씬 저렴하다.

여남 슬랙스 모두 내부 사양도 원단 혼용률도 비슷해 얼핏 보면 두 제품의 퀄리티 차이가 없는 것 같지만 하나하나 따져보면 달랐다. 남성용 슬랙스에 사용된 원단은 물세탁이 가능했지만 여성용 슬랙스는 드라이클리닝만 가능했다. 주머니로 눈을 돌리면 남성용 슬랙스의 주머니 깊이는 약 30cm, 여성용 슬랙스의 주머니 깊이는 약 23cm였다. 또한 남성용 슬랙스 주머니 입구에만 바텍(bar tack, 주머니 입구나 트임 부분의 찢어짐을 방지하기 위한 보강용 봉제) 처리가 되어 있었는데 주머니를 자주 사용해도 손상이 덜하도록 한 배려였다.

B 브랜드 슬랙스 비교

남

바텍

여

외국 SPA 브랜드인 C 브랜드에서는 바지를 주로 살펴봤다. A 브랜드와 마찬가지로 대부분의 남성복 바지에는 허리 안쪽에 밴드가 있었고, 여기에 허리끈까지 넣어서 착용감을 높였다. 같은 시리즈에 같은 가격으로 판매되는 여성용 바지에서는 볼 수 없는 기능이었다. 여성용 바지는 후크와 단추 두 가지로 여밀 수 있었고, 후크도 남성용 후크를 사용하여 이제까지 봤던 여성용 제품 중 퀄리티가 제일 좋았다. 뒷주머니도 달려 있고, 안쪽이 가름솔로 봉제되어 안사양 퀄리티만큼은 남성복과 흡사했다.

　　그러나 다른 브랜드와 마찬가지로 여성용 슬랙스에는 바텍이 없었고, 동일한 가격임에도 여성용은 얇은 기모 원단을, 남성용은 두께감 있는 코듀로이 원단을 쓴 점이 걸렸다. 남성복 코너와 달리 여성복 코너에는 코듀로이 제품이 없길래, 코듀로이 소재의 여성용 제품이 출시될 예정인지 물었더니 아직은 확답을 드릴 수 없다는 답변을 받았다. 외국 브랜드 특징인지 바지에 동전 주머니가 따로 마련되어 있었는데 남성용 바지에만 해당됐다. 사진은 따로 수록하지 않았지만 C 브랜드의 여남 아우터류 차이는 한 문장으로 요약할 수 있다. 남성용 그리고 공용 아우터에는 모두 안주머니가 달려 있었고 여성용 제품만 제외였다.

　　국내 SPA 브랜드인 D 브랜드에서는 동일한 가격으로

남

여

출시된 여남 재킷과 슬랙스를 구매했다. 남성용 슬랙스는 여밈 장치가 후크 두 개, 단추 한 개로 총 세 개인 것에 비해 여성용은 후크 한 개뿐이었다. 또한 남성용 슬랙스 안쪽에는 허리를 더 단단하게 잡아줄 뿐만 아니라 자주 입어도 모양새가 쉽게 무너지지 않도록 하는 고시우라를 썼으나 여성복 슬랙스는 전부 오버로크로 처리되어 있었다. 기능상 이점이 분명한 고시우라는 억울하게도 남성복에만 주로 사용된다.

D 브랜드 남성용 슬랙스의 고시우라는 타 브랜드보다 마감이 굉장히 깔끔했는데, 같은 값인 여성용 슬랙스의 안사양 퀄리티는 그야말로 허접한 수준이라 너무 실망스러웠다. 뿐만 아니라 여성용 슬랙스의 뒷주머니는 페이크였고, 여남 주머니 깊이 차이는 약 7cm 정도로 여성용이 훨씬 더 얕았다.

여남 슬랙스는 같은 원단으로 제작된 것처럼 보였으나 혼용률도 미세하게 달랐고 자세히 들여다보면 원단의 직조 역시 달랐다. 서로 다른 생지 원단에 컬러만 같은 것으로 염색한 걸로 보였다. 소비자 입장에서는 같은 원단을 사용했다고 생각할 게 분명했다.

보다 정확한 확인을 위해 한국의류시험연구원(KA-TRI)에 D 브랜드 여남 슬랙스 원단을 보내 세탁 견뢰도(세탁에 견디는 힘), 원단 밀도, 필링(보풀) 테스트를 의뢰

했다. 세탁 견뢰도와 필링은 둘 다 동급으로 나왔으나 밀도에서 차이가 났다. 남성용 슬랙스 원단은 밀도가 35, 여성용 슬랙스 원단은 밀도가 28밖에 나오지 않았다. 밀도는 원단 1cm당 올이 얼마나 있는지를 측정한 것인데, 밀도가 높다는 것은 단위당 중량이 더 높아서 원가 역시 높다는 뜻이다. D 브랜드의 여남 슬랙스는 비슷한 외관으로 같은 가격에 팔리고 있었지만, 제품 스펙을 따지고 보면 여성용 슬랙스에 여성세가 붙은 거였다.

기만적인 여성용 슬랙스와는 달리, 2020 F/W 시즌 신상품으로 출시된 여성용 재킷은 타 브랜드보다 퀄리티가 우수했다. 특히나 원단의 부드러운 텍스처와 단단한 어깨 패드가 돋보였고, 마꾸라지 봉제(sleeve head, 어깨심을 덧대어 어깨선을 재봉하는 것)를 적용해 착용 시 어깨선이 무너지지 않게 신경 쓴 점이 인상 깊었다. 그래서일까? 퀄리티에 자신이 있었는지 여남 재킷이 한 행거에 같이 걸려 있었다. 물론 여전히 아쉬운 점도 있었다. 여성용 재킷에는 안주머니가 없었고 가슴 주머니는 페이크라 주머니 개수는 두 개에 불과했다. 여성용 재킷과 비슷한 원단 혼용률과 제작 퀄리티를 보인 남성용 재킷의 주머니 개수는 총 다섯 개였다.

국내 SPA 브랜드 E 브랜드에서는 여남 슬랙스가 같은 시리즈로 약 7만 원에 출시됐다. 둘 다 허리 옆쪽에 밴

D 브랜드 재킷 비교

드가 들어가고 기능성 원단을 사용해 가격이 다소 높은 편이었다. 여성용과 남성용 슬랙스 가격은 동일했으나 사용되는 후크가 달랐고, 여성용은 뒷주머니가 페이크였다. 여성용과 남성용 슬랙스 둘 다 허리 안쪽에 안감이 덧대어져 있었는데, 여성용에는 다소 저렴한 안감이 쓰인 것 같았다. 허리가 무너지지 않고 탄탄한 쪽은 당연히 남성용이다. 두 제품은 겉으로 보기엔 퀄리티가 비슷한 듯해도 부자재에서 차이가 났다.

해외 SPA 브랜드인 F 브랜드에서는 F/W 시즌 메인 아이템인 트렌치코트를 구매해 비교했다. 남성용 트렌치코트는 19만 원대, 여성용 트렌치코트는 17만 원대로 2만원 정도 차이가 났다. 내가 구매한 여성용 트렌치코트는 친환경 원단에 방수 처리가 된 제품이었으며, 남성용은 방수 처리만 되어 있었다.

F 브랜드의 여남 트렌치코트는 제품 퀄리티 차이가 심했다. 여성용에는 두 개의 주머니만 있는 반면 남성용에는 안주머니가 추가되어 총 세 개의 주머니가 있었다. 또한 남성용 트렌치코트의 겉주머니에는 소지품이 빠지지 않도록 주머니 입구를 여밀 수 있는 단추가 달려 있었으며, 앞여밈 단추 뒤쪽에는 밑단추를 함께 봉제하여 마감 퀄리티를 높였다. 밑단추를 겉단추와 함께 꿰매면 단

E 브랜드 슬랙스 비교

추를 고정한 실이 잘 풀리지 않아 단추가 쉽게 떨어지지 않는다.

　남성용 트렌치코트는 은은한 광택이 돌고, 자잘한 디테일들이 정말 많아서 전반적으로 '신경을 쓴' 티가 많이 났다. 대조적으로 여성용 트렌치코트의 퀄리티는 도저히 17만 원짜리로 보이지 않아서 이게 정말 2만 원 차이가 맞는지 한참을 들여다봤다. 처음엔 여성용 트렌치코트의 원단에 친환경 섬유로 주목받고 있는 리오셀(lyocell)이 44% 함유되어 가격이 비싼 건가 했다. 그러나 같은 시즌에 출시된 다른 디자인의 트렌치코트도 가격이 17만 원대였지만, 일반 섬유였고 방수 처리 또한 되어 있지 않았다.

　혹시나 해서 같은 시즌의 다른 아우터들을 사이트에서 검색해봤다. 한국 공식 홈페이지 기준으로, 여성용 신상품 아우터 135개 중 약 5% 정도의 제품에만 방수 기능이 있었으며, 그 외에 별다른 기능성 제품은 찾아볼 수 없었다. 반면에 남성용 신상품 아우터 54개 중 약 20%의 제품에 방수 처리가 되었으며, 11%의 제품에 온도 조절, 구김 방지, 물세탁 가능, 방수 처리가 가능한 기능성 원단이 사용되었다. 같은 시즌에 출시되었지만 기능성 의류는 남성용에 훨씬 많았다. 주머니 개수에서도 당연히 차이가 났는데, 여성용은 안주머니가 있는 제품을 찾아볼 수 없었다.

F 브랜드 트렌치코트 비교

국내 SPA 브랜드인 G 브랜드에서는 여남 재킷과 슬랙스를 구매했다. 재킷은 두 제품 모두 7만 원대로 가격이 동일했으나, 남성용 재킷은 신상품임에도 불구하고 50% 세일 중이라 3만 원대에 구매할 수 있었다. 여타 브랜드와 마찬가지로 여성용보다 남성용 재킷 퀄리티가 더 좋았으며, 주머니 개수도 남성용이 네 개로 여성용의 두 배였다. 신기한 점은 남성용 재킷의 퀄리티가 훨씬 좋고 주머니가 많은데도 신상품 판매대에서 반값 세일 중이었단 것이다. 물론 오프라인 매장마다 세일 상품이나 할인율이 다를 수도 있지만, 3만 원대에 이 정도 퀄리티의 재킷을 만들 수 있으면서 주머니가 두 개뿐인 여성용 재킷을 7만 원대로 판다는 것이 기가 막혔다.

　　슬랙스에서도 퀄리티 차이가 확연히 드러났다. 여남 슬랙스 둘 다 신상품이었으나 여성용 슬랙스는 4만 원대에서 만 원 할인하여 3만 원대로 팔았고, 남성용 슬랙스는 별다른 할인 없이 3만 원대로 판매 중이었다. 두 제품의 원단 혼용률은 비슷했으나, 남성용에만 라이크라(lycra, 우수한 신축성과 탄력성으로 움직임이 자유롭고 세탁 후에도 모양이 잘 유지되는 스판덱스 원단) 원단이 사용됐다. 또한 남성용은 앞여밈이 후크 두 개 단추 한 개 총 세 개로 되어 있었으며, 허리에 단단한 심지가 들어 있어 오래 착용해도 허리선이 무너지지 않게 되어 있었다. 특히 남성용 슬랙스

G 브랜드 슬랙스 비교

에만 허리 양쪽에 사이드 밴딩이 들어가 있었는데, 매장 직원에게 여성복에도 사이드 밴딩이 들어간 제품이 있는지 물었더니 '없다'는 답변을 받았다.

여성용 슬랙스는 주머니 입구에 바텍 처리가 되어 있었고 주머니 깊이가 남성용과 거의 비슷했다. 그러나 뒷주머니는 페이크였고, 허리 심지가 얇아서 허리를 탄탄하게 잡아주기엔 역부족이었다. 앞여밈은 후크 한 개와 단추 한 개로 되어 있었는데, 후크는 남성용 후크를 사용해서 단단해 보이긴 했으나 단추가 있어야 할 자리에 단추는 없고 반대편에 단춧구멍만 뚫려 있어서 어리둥절했다. 남성용 슬랙스를 구매할 때 여분 단추가 제공된 것과는 달랐다.

SPA 브랜드의 대표라고 할 수 있는 일곱 개 브랜드에서 여남 옷을 비교한 결과는 다음처럼 요약된다. 가격이 같더라도 남성용 제품의 퀄리티가 전반적으로 높았으며, 여성용 제품에서만 페이크 주머니가 보였다. 다들 여성복에 페이크 주머니를 넣기로 약속한 것처럼 말이다.

최근 MZ 세대를 중심으로 자신이 지향하는 가치는 포기하지 않는 대신 가격이나 만족도 등을 세밀히 따져 소비하는 성향을 일컫는 '가치 소비'가 확산되고 있다. 많은 기업이 친환경에만 몰두하는 경향을 보이는데, 나는 '젠더'에도 집중해야 할 때라고 생각한다. 친환경을 외치며 지속 가능한 소비를 홍보하는 해외 F 브랜드를 보자. 이 브랜드에서는 남성복의 약 두 배가 넘는 여성복 신상품이 매 시즌 쏟아지고, 이 옷들은 한 해 입으면 못 입게 될 정도로 퀄리티가 떨어지는데 과연 '친환경'을 이야기할 수 있을까? 진정한 가치 소비란 구매자가 지향하는 가치관 혹은 취향에 더해 합리적인 가격과 좋은 품질도 뒷받침되어야 한다. 후자가 없으면 단순 몰입 소비일 뿐이다.

가치 소비와 관련된 인터뷰에 몇 번 응한 적이 있었으나 대부분 데스크에서 막혀 기사가 나오지 않았다. 데스크에서 '가치 소비'를 인식하고 있긴 하지만 가치 소비의 요소로 '젠더'를 고려하지 못하기 때문은 아닐까. 습관처럼 입어온 옷에 '성차별'이 스며 있다고 주장하니 받아들이지 못하는 것이다. 가치 소비와 젠더를 연결하지 못하는 분들을 대상으로, 내가 수집한 샘플들을 모아 전시를 열어주고 싶을 지경이다. 나는 퓨즈서울을 필두로 '젠더'를 고려한 가치 소비 시장이 크게 성장할 거라 믿는다. 지금과 같은 행보를 꾸준히 이어가면 후발 주자가 생기는 것쯤은 시간 문제일 것이다.

속옷

집으로 들어온
코르셋

2020년 코로나19 여파로 외출이 제한되자 패션계에는 기이한 현상이 일어났다. 구색 갖추기에 지나지 않던 '홈웨어' 카테고리에 수요가 몰려 홈웨어가 효녀 상품으로 등극한 것이다. 신세계 인터내셔널에서 전개하는 라이프스타일 브랜드 '자주(JAJU)'의 2020년 1분기 파자마 판매량이 지난해 대비 318%나 증가했다는 발표만 봐도 코로나19가 우리 생활을 얼마나 바꾸어놓았는지 알 수 있다.

우리가 흔히 생각하는 홈웨어는 편안하고 펑퍼짐한 옷이다. 밖에서는 불편을 감수하면서 옷을 입더라도 집에서만큼은 누구의 눈치도 보지 않고 편안한 옷을 입고 싶어 하는 게 사람의 심리이기 때문이다. 그러나 홈웨어 수요가 늘자 유독 여성복에서만 불편하고 작고 타이트한 옷들이 홈웨어로 둔갑해 등장하고 있다. 나풀거리는 레이스에 리본이 달린 옷쯤은 이젠 평범하게 보일 지경이다. 크롭티에 오프숄더까지, "집에서 저런 걸 입고 있겠다고?"라는 소리가 튀어나올 정도로 말도 안 되는 홈웨어들이 쏟아져 나오기 시작했다.

이런 홈웨어는 애초부터 집에서 편히 입을 용도로 제작된 제품들이 아니다. 유행을 따라 한 캐주얼일 뿐인데, 홈웨어가 요즘 인기라고 하니 카테고리를 추가해서 욱여넣은 것이다. 그러니 홈웨어라면 응당 갖춰야 할 최소한의 요건조차 지키지 않았다. 홈웨어는 맨살에 바로 입는 제품이라 촉감이 부드러운 원단을 써야 한다. 집에서 편히 입는 게 목적이니 신축성이 좋고 품도 넉넉해야 한다. 그러나 땀 흡수가 되지 않거나, 보온 기능이 없거나, 피부 자극을 일으키는 원단을 쓰는 건 기본부터 잘못됐다.

코로나19를 핑계로 코르셋이 집까지 침범해 들어오고 있는 상황이다. 집은 '사회가 강요하는 여성성'에서 벗어날 수 있는 거의 유일한 성역이었는데 말이다. 남성 홈웨어는 언제나, 늘, 그랬듯이 박스티에 트렁크뿐이다. 포털 사이트에 여남 홈웨어를 검색하면 그 차이를 알 수 있다. 커플 홈웨어만 봐도 남성용에서는 볼 수 없는 셔링과 레이스가 여성용 홈웨어를 장식한다.

퓨즈서울 초창기부터 홈웨어와 여성용 드로즈, 트렁크를 제작해달라는 요청을 자주 받았다. 그러나 이너웨어

분야는 잘 모르기에 자신이 없었다. 솔직히 시중에 나와 있는 남성용 제품보다 더 잘 만들 자신이 없었다. 그러나 내가 겁먹고 주저하는 사이 '여성을 위한' '여성용' 같은 수식어를 붙여 소비자를 속이는 업체들의 행태를 두고 볼 수만은 없었다. 잘못된 방향으로 폭주하는 시장을 누군가는 멈춰야만 했다.

이너웨어는 의류에 속하긴 해도 엄연히 카테고리가 다르기에 전문가가 필요했다. 속옷 제작 업체에 방문하기 전, 퓨즈서울 SNS에 남성용 트렁크와 드로즈를 여성의 신체에 맞게 제작한다면 어떤 부분이 개선되면 좋을지 의견을 구했더니 기다렸다는 듯 수많은 요구 사항이 쏟아졌다. 가장 많이 나온 의견은 기존 여성용 삼각팬티에 달린 것보다 클러치의 길이가 더 길고 폭은 더 넓었으면 한다는 것이었다. 여성용 속옷에는 질 분비물을 흡수할 수 있는 원단이 한 겹 덧대어져 있는데, 이 부분을 '클러치(마찌)'라고 한다. 여성용 삼각팬티는 클러치가 시작되는 부분이 외음부보다 상당히 밑에 위치한 까닭에 분비물이 클러치가 아닌 그보다 앞쪽에 묻는 일이 자주 일어난다. 여성이 입는 속옷임에도 여성의 신체를 고려하지 않았다는 걸 여실히 보여주는 부분이다.

다음으로 많이 나온 의견은 트렁크와 드로즈의 밑위를 더 길게 만들어달라는 요청이었다. 남성용 트렁크나 드로즈는 남성의 신체에 맞춰서 제작했기 때문에 밑위가 넉넉한 편은 아니다. 골반이나 엉덩이가 발달한 여성이 입으면 당연히 불편할 수밖에 없다. 그래서 여성용 드로즈와 드렁크를 만든다면 불필요한 앞섶의 절개 부분은 없애고, 클러치 길이는 늘이고, 밑위를 넉넉하게 확보하리라 마음먹었다.

이러한 요구 사항들을 정리해서 속옷 전문가에게 전했는데, 그분은 나의 이야기를 굉장히 흥미롭게 들어주었다. 20년 넘게 속옷을 연구하고 만들면서 '여성용 속옷이 이렇게 제작되면 착용감이 훨씬 더 좋을 텐데' 하고 수백 번 생각해온 내용이라는 것이었다. 그래서 왜 진작 이렇게 제작하지 않았느냐고 물었더니, 제작자로서 여러 차례 클라이언트에게 제안을 해봤지만 단가 상승의 이유로 통하지 않았다고 한다.

확실히 클러치 길이가 길어지면 단가가 30% 정도 상승한다. 판매가가 오르면 가격 경쟁력은 자연히 떨어진다. 시중의 제품들도 다 클러치 길이가 짧으니 손해를 보면서까지 애써 클러치 길이를 늘이려 하는 업체는 없었던 것이다. 나는 전문가와 상의해 클러치가 외음부를 감싸도록 앞으로 올리고, 클러치 길이를 일반적인 중형 정혈대 길이인 25cm까지 늘이기로 했다. 클러치를 중형 정혈대 사이즈에 맞춘 데는 정혈을 시작한 10대들에게 정혈대를 어디에 부착하는지 가이드라인을 제시하기 위한 의도도 있었다. 기존 여성용 팬티는 클러치 시작 부분이 상당히 밑에 있는 탓에 클러치 길이에 맞춰 정혈대를 부착할 경우 앞부분에 정혈이 묻게 된다.

정혈을 시작했을 때 이제 숙녀가 됐다는 성스러운 징표라며 축하를 받았다. 그러나 밖으로 나와 보니 정혈은 수치스러운 것이었다. 학교에서 정혈대를 빌릴 때는 누가 들을세라 속삭이는 분위기였고, 슈퍼에서 정혈대를 구매할 때도 검정 비닐봉지에 담아줬다. 이런 분위기 때문에 정혈대를 어디에 붙여야 하는지 묻는 것조차 꺼려졌다. 그래서 나는 꽤나 여러 번의 시행착오를 겪은 후에야 정혈대 위치를 잡을 수 있었다. 정혈을 부끄러워하거나 수치스러워하는 문화가 없어지는 게 우선이지만, 당장은 클러치 위치와 크기를 조절한 속옷을 제작함으로써 10대들의 '슬기로운 정혈 생활'에 조금이나마 도움이 될 수 있기를 바랐다.

클러치는 준비됐으나 문제는 속옷 공장에서 일어났다. 이제까지 이렇게 긴 클러치를, 그것도 앞쪽에 봉제해 본 적이 없었기 때문이었다. 공장에서는 "클러치를 앞쪽에 달면 외관상 예쁘지 않을 거다"라며 나에게 경고까지 했다. 아니, 속옷은 외관보다 실용성이 더 중요한 게 아닌가?

나는 작업지시서를 그대로 밀고 나갔다. 아니나 다를까, 공장에서는 내 의도를 이해하지 못해 기다란 클러치를 여느 여성 속옷처럼 외음부 한참 밑에 붙여서 1차 샘플을 보냈다.

여성복에 변화를 시도하려고 할 때마다 겪는 일이었다. 남성복에서 흔히 쓰이는 기능과 봉제를 도입한 여성복 작업지시서를 다른 공장에 들고 갔을 때도 기존의 불품없는 여성복을 샘플로 내놨던 것처럼. 이건 '변화'로 가는 하나의 과정일 뿐이다. 다시 공장을 찾아가 설명을 하고 클러치 시작 위치를 위로 한껏 끌어 올렸다.

제작을 의뢰한 나조차도 클러치가 길고 넓은 속옷을 입어본 경험이 없어서 입을 때 어떤 느낌일지 상상이 잘 안 됐다. 결국 6차 샘플 작업에 이르러서야 거의 완제품에 가까운 샘플이 나왔는데, 그때는 '빨리 입고 싶다'는 생각뿐이었다. 트렁크는 밑위가 넉넉했고, 드로즈는 클러치가 외음부를 안정적으로 감싸주니 착용감이 정말 좋았다. 클러치 위치와 길이도 딱 내 생각대로 나와줬다.

속옷 컬러는 대부분 네이비나 블랙 같은 어두운 계열 위주인데, 클러치만 흰색인 게 마음에 걸렸다. 공장에서는 클러치 컬러를 밝게 하는 게 "깨끗해 보인다"며 흰색을 추천했지만, 따져보면 클러치가 굳이 흰색일 필요는 없다.

질은 세균에 노출되기 쉬운 환경에 있다. 타이트한

타사 속옷 대비 클러치 길이를 대폭 늘인 퓨즈서울의 드로즈

옷을 입으면 금세 습해져서 질염에 걸리기 쉽고, 스트레스를 많이 받거나 면역력이 떨어지기만 해도 질염에 걸릴 수 있다. 이때 냉이 분비되기 때문에 클러치의 역할이 정말 중요하다. 냉은 몸 상태에 따라 갈색, 녹색, 회색, 노란색 등으로 다양하게 분비되고, 갑작스럽게 하혈을 하거나 정혈을 할 경우 속옷에 쉽게 착색되기 때문에 흰색 클러치는 실용성이 떨어진다. 그래서 '깨끗해 보이는 것'보다는 실용성을 우선해 검정색 클러치를 달기로 했다.

클러치뿐 아니라 원단에도 신경을 썼다. 트렁크와 드로즈는 둘 다 맨살에 바로 닿는 제품이기 때문에 원단은 무조건 부드럽고 세탁에 강해야 했다. 드로즈는 텐셀 원단을, 트렁크는 면을 사용한 이유다.

이제 제품 준비는 마쳤는데, 제품을 어떻게 촬영해야 할지 고민이 많았다. 다른 속옷 쇼핑몰처럼 평범하게 찍기는 싫었다. 퓨즈서울의 속옷이 항균, 소취 기능을 가지고 있긴 하나 스포츠웨어는 아니기 때문에 속옷만 입은 채로 운동하는 모습을 연출할 수도 없었다. 그러던 도중 지인이 한복을 입고 찍는 건 어떻겠냐고 제안했다. 속옷 화보니까 드로즈만 입은 채 도포를 걸치고 있으면 멋있을 거 같다고 했다. 시대극을 굉장히 좋아하는 나는 순간 "유레카"를 외치며 기획을 구체화하기 시작했다.

한복만 덜렁 입을 순 없으니 메인 콘셉트를 '광해군'으로 잡았다. 광해군 관련 드라마나 영화를 굉장히 재미있게 보기도 했고, 폭군이라는 점이 매력적이었다. 모델로 섭외한 '샤크' 코치님은 키가 크고 체격이 매우 좋아서 폭군 이미지와도 잘 어울렸는데, 어쩌면 이 기획 촬영을 통해 새로운 여성상을 제시할 수도 있을 거라는 생각이 들었다. 근육질의 키 큰 여성이 왕의 곤룡포를 입고 있는 모습은 분명 누군가에게 좋은 자극이 될 게 틀림없었다.

여성이 조선시대 왕인 것도 놀랍지만 근육질의 폭군이기까지 하면 얼마나 더 놀라울까? 드라마 속 가녀린 여주인공이 아닌, 위엄 있고 한편으로는 약자를 구제해줄 수 있는 정의롭고 강한 롤모델이 우리에겐 필요하다.

메인 콘셉트를 정하고 거기에 살을 붙여줄 수 있는

구체적인 소품들을 찾았다. 마음에 드는 소품이 없으면 직접 리폼해서 촬영을 준비했다. 준비 과정 중 스토리텔링을 가미했는데, 웹툰 <극락왕생>의 '고사리박사' 작가님께 부탁드렸다.

화보 공개 당일 가슴이 두근두근거렸다. 다들 어떤 반응을 보일지 정말 궁금했다. 한편으로는 부정적 반응이 나올까 걱정이 되기도 했다.

결과는 대성공! 다들 "놀랍다"며 환호해주셨고, 태어나서 이렇게 많은 칭찬을 받아본 것도 처음이었다. 파격적인 화보에 속옷 판매율도 덩달아 상승했다. 초기 발주로 넣어둔 1만 장 중 2,000장이 하루 만에 판매됐다. 길게 반년은 잡고 판매할 예정이었던 수량 중 20%가 하루 만에 판매된 것이다. 화보는 총 세 편이었는데, 세 편이 모두 공개되자 판매율은 더 가파르게 상승해 대박을 쳤다.

초기 속옷 판매 가격은 트렁크와 드로즈 각각 9,900원에 무료 배송이었는데 비싸다는 의견도 있었다. 남성용 속옷은 세 장에 만 원인데, 여성용 드로즈는 한 장에 9,900원이니 비싸다고 생각될 수도 있다. 그러나 클러치가 들어가지 않는 남성 속옷과 25cm짜리 클러치가 들어간 여성 속옷을 같은 선상에 두고 비교할 순 없다. 텐셀이 아닌 일반 면 스판을 사용하고 클러치 없이 여성용 드로즈를 제작했다면 나 역시 세 장, 만 원에 판매할 수도 있었을 것이다. 하지만 그렇게 만들면 기존의 속바지와 도대체 무슨 차이가 있겠는가?

퓨즈서울의 드로즈는 텐셀 95% 원단에 솔기가 튀어나오지 않는 오드람프 봉제를 적용했고, 트렁크는 면 60수 고급 원단에 쌈솔 봉제로 마무리했다. 홑겹으로 부실한 클러치를 단 타사 속옷과 달리 클러치를 2중으로 제작했으며, 외음부에 재봉선이 닿지 않도록 하다 보니 원단이 훨씬 더 많이 소요되어 단가가 올라갔다. '여성용'이라는 이름을 붙여서 일반 팬티 한 장을 9,900원에 파는 것 같아 보일 수 있겠지만 패턴부터 봉제 방법까지 다른 제품이다. 퓨즈서울에서 만든 드로즈와 트렁크는 9,900원의 값어치를 충분히 한다고 자부한다. 퓨즈서울을 만든 초창기부터 "페미코인 탔다"는 식의 훈수를 지겹도록 들어왔다. 그러나 제품이 출시되고 실사용자들의 간증 후기가 쏟아지자 이런 소리는 쏙 들어갔다.

속옷 외에도 잠옷을 두 종류 준비하며 잠옷 전문가와 미팅을 했다. 그분은 국내의 내로라하는 잠옷 브랜드에서 오랜 기간 일하신 실장님이셨다. 나보다 옷에 훨씬 더 까다로운 분이셔서 배우는 기분으로 일했다.

실장님은 동대문 시장 원단으로는 만족할 수 없다며 직접 원단을 제작해서 만드는 걸 선호하는 분이었다. 포트 폴리오로 이제까지 제작한 원단 샘플을 보여주셨는데, 다른 업체와 비교할 것도 없이 내 마음에 쏙 들었다. 탄탄하고, 부드러우며, 비침이 없고, 두께감이 적당해 사계절 내내 입을 수 있었고 세탁에도 강했다. 벨로아(벨루어) 재질의 원단도 국내에서 직접 제작해 부드러움은 유지하되 털 빠짐과 뭉침을 없애기로 했다.

잠옷 디자인은 속옷처럼 구조를 완전히 바꾸지는 않고 디테일만 편리하게 변경했다. 시중에 나와 있는 여성용 잠옷은 네크라인이 깊어 조금만 상체를 숙여도 안이 훤히 다 보였다. 그래서 몸을 숙일 때 상체가 드러나지 않으면서도 목을 답답하지 않게 하는 정도로만 네크라인 깊이를 조절했다. 또 가슴 주머니를 달아 탈유브라를 해도 부담이 없게끔 상의를 제작했다. 바지에는 옆주머니를 넣어서 실용성을 높였고, 접착 테이프형 심지를 같이 봉제해 가랑이 부분이 쉽게 터지지 않게 했다.

잠옷 촬영의 키워드는 '편안함'이었다. 집에서 뒹굴며 게임을 하거나 밥을 먹을 때도 걸리적거리지 않는 제품이란 걸 전달하고 싶었다. 코로나19로 집에 머무는 시간이 많아지고 있는 점을 고려해 최대한 집 느낌이 나도록 연출했다.

잠옷은 속옷에 비해 가격이 높아서 일 년 내내 팔 각

오로 초기 발주를 넣었는데 웬걸, 하루 만에 초기 발주 수량의 절반이 판매됐다. 부랴부랴 재발주를 문의했지만, 원단부터 다시 제작해야 하기 때문에 재입고까지 두 달이 걸렸다. 당장 판매할 수량이 없어서 걱정이 됐지만 한편으로는 기뻤다. 오랜 기간 준비한 속옷과 잠옷이 기대 이상의 성과를 보여주었다.

이후 드로즈는 여성 쇼핑몰 모음앱에서 란제리 카테고리 판매 1위에 올랐다. 전국의 수많은 여성 속옷 전문 쇼핑몰들을 제치고 1등을 한 것이다. 속옷이란 핑계로 신체 일부를 부각한 수많은 사진들 사이로, 온전히 제품에만 집중하고자 한 퓨즈서울의 사진이 더욱 빛나고 있었다.

2021년 1월 어느 날, 다가올 여름 시즌을 준비하기 위해 속옷 공장 사장님을 만났다. 여름에는 드로즈보다 트렁크가 더 많이 판매되기 때문에 트렁크 원단을 시원한 여름 원단으로 변경해 출시할 예정이었다. 순조롭게 회의를 마치고 일상이야기를 주고받다가, 사장님께서 갑자기 경력 20년인 재봉사 월급이 얼마일 것 같냐고 물으셨다. "대략 700만 원 이상이지 않을까요? 20년 경력이면 장인이잖아요"라고 답했더니 사장님이 막 웃으셨다. 실상은 월급 150만 원에 최저임금은 고사하고 4대 보험도 안 되는 곳이 많다고 했다. 의류업계가 전반적으로 열악하긴 하지만 그 중 속옷업계가 제일 열악하다고 했다.

우리나라 속옷 시장은 약 2조 원 규모인데, 당장 생각나는 속옷 대기업만 나열해도 채 열 곳이 안 된다. 소수의 회사들이 이윤을 쓸어가고, 정작 속옷을 제작하는 봉제사에겐 월급으로 150만 원을 준다는 것이었다. 거기다 대기업의 갑질은 상상을 초월해서 공장에서는 속옷 한 장당 마진 몇백 원만 붙여서 납품하는 경우도 허다하다고 한다. 그렇게 헐값에 납품된 제품은 4~5배의 마진이 붙어서 시장에 유통된다. 이러한 불합리한 구조의 최하층에 있는 봉제사들은 대부분 평균 연령 65세의 여성들이었다.

공장 사장님은 품질 대비 저렴한 가격에 속옷을 파는 내 모습을 보고 좋은 인상을 받았다고 했다. 그런 이유로 나를 붙잡고 이런 속사정까지 이야기하신 것이다. 말씀을 들어보니 공장에 작업을 의뢰하러 오는 젊은 사장들은 대기업과 다를 바 없이 4~5배에 달하는 마진 붙여서 제품을 판매한단다. 왜 그렇게 마진을 많이 붙이냐 물어봤더니 남들이 다 그렇게 파니까 자기도 그렇게 판다고 하더란다.

이어진 이야기는 더 충격이었다. 임부용 팬티를 9,000원에 판매하려면 제작 단가가 어느 정도 나와야 할까? 5,000원? 4,000원? 아니다. 한 장당 2,000원 정도가 나와야 백화점에서 9,000원에 판매할 수 있다고 한다. 그렇다면 제작 단가 2,000원짜리 속옷은 어디서 만들어질까? 먼지가 켜켜이 쌓이고 촛불에 의지해서 재봉을 하는, 중국 어딘가의 동굴 같은 창고다.

알고 보니 속옷업계는 맨 상위 포식자인 대기업 브랜드들만 배 불리는 역삼각형의 피라미드 구조였다. 문제는 이러한 구조 때문에 피해를 보는 건 여성이라는 사실이다. 여성의 생식기는 신체 구조상 질환에 더 취약한데, 이렇게 열악한 환경에서 제작된 속옷들은 건강에 나쁜 영향을 끼칠수밖에 없다.

그렇다면 소비자는 비싼 돈을 주고 속옷을 구매해야 할까? 아니다. 지금의 왜곡된 구조를 바꾸면 된다. 누구도 바꾸려 하지 않아 이미 곪을 대로 곪아버린 구조를 말이다. 공장에서는 재봉사들에게 합당한 급여를 지급하고, 그걸 판매하는 퓨즈서울은 유통 마진을 줄이고, 결과적으로 소비자에겐 합리적인 가격으로 좋은 제품을 제공하는 구조를 만들어나가자고, 사장님이 제안하셨다.

속옷은 내가 몰랐던 분야라 처음엔 자신도 없었고, 더군다나 일을 하면서 가치관이 비슷한 동료를 만난다는 게 쉽지 않은 일이란 걸 알기에 사장님의 제안이 너무나 감사했다. 돌아보면 남들이 하지 않는 분야, "왜 굳이 그런 걸 해?" 같은 질문을 받는 분야가 내 전문 아니었던가. 이런 문제의식과 도전 정신이 없었다면 애초에 퓨즈서울은 존재하지 않았을 것이다. 그러니 다시 한 번 부딪쳐볼 때가 왔다.

導火線

〈도화선〉

촬영부터 편집까지

성적 대상화의
함정 피하기

인터넷으로 옷을 사는 시대가 도래하면서 크고 작은 인터넷 쇼핑몰들이 우후죽순 생겨났고, 이후 인스타그램 같은 SNS의 유행과 맞물리며 소위 '인스타 감성 사진'으로 불리는 사진들이 쇼핑몰과 SNS를 뒤덮기 시작했다.

굵은 컬이 들어간 긴 머리에 쇄골이 한껏 도드라지고 손이 묘하게 허리를 눌러 몸매를 부각하는 포즈는 '인스타 감성'을 표방하는 쇼핑몰 어디에서든 쉽게 볼 수 있다. 얼굴 없는 사진들이 대다수이기 때문에 사진만 보면 어느 쇼핑몰 사진인지 구분이 안 될 정도로 천편일률적이다. 비슷비슷한 포즈와 연출을 보고 있자면 가끔은 마네킹에 옷만 바꿔 입힌 건가 싶을 때도 있다.

움직임이 느껴지지 않는 마네킹 같은 연출 사진은 캐주얼에만 국한되지 않는다. 한번은 지인이 수영복 모델 일을 하게 됐는데, 업체에서 '투명 까치발'을 여섯 시간 내

내 시켰다고 한다. 수영복이라 힐을 신을 수는 없고 다리는 길어 보여야 하니 까치발을 서게 하는 것이다. 지인은 촬영을 마치고 다시는 수영복 모델 일을 하지 않겠다며 분개했다. 단 1분만 해도 종아리 근육이 덜덜 떨리는 투명 까치발을 촬영 시간 내내 강요한다는 것은 학대에 가깝다. 레깅스 업체도 사정은 마찬가지다. 맨발로 촬영한 레깅스 착용 사진을 자세히 들여다보면 까치발로 선 모델들이 많다. 까치발을 들고 촬영을 하게 되면 활동적인 포즈는 고사하고 제대로 서 있는 것도 어렵다. 운동복 쇼핑몰에서조차 모델들이 죄다 마네킹처럼 조심스럽게 서 있는 이유다.

누군가는 포즈 하나에 과민 반응을 보인다고 할지 모른다. 그러나 이런 사진들은 모델을 사람이 아니라 인형과 같은 하나의 오브제로 만들어버린다. 심지어 모델에게 눈을 감게 해 진짜 '인형'처럼 보이게 연출하는 쇼핑몰도 있다. 나 역시 과거 여성복 쇼핑몰을 운영할 때 모델을 인형처럼 꾸미느라 바빴다. 어차피 모든 여성복은 '예뻐 보이기 위해' 입는 것이라 생각했기에 수동적인 포즈와 표정을 연출하는 데도 무감각했다.

시간이 지나 퓨즈서울 준비하면서 모델에게 이런 포즈를 요구하는 것은 결국 모델을 사람이 아니라 인격이 없는 물건으로 취급하는 행위라는 걸 깨달았다. 퓨즈서울 제품으로 촬영을 시작하며 내가 모델에게 가장 먼저 부탁한 사항이 있었다. 카메라를 내려다보는 권위적인 포즈를 취해줄 것. 그리고 계속해서 움직일 것. 사람은 인형처럼 가만히 있는 존재가 아니라 움직이고 여러 표정을 지닌 존재라는 걸 보여주기 위해, 내가 만든 여성복은 자유롭고 편안한 옷이라는 걸 보여주기 위해 모델에게 이전보다 훨씬 더 다양한 포즈와 표정을 요청했다.

퓨즈서울 촬영팀이 암묵적으로 지키고 있는 한 가지 원칙이 있다. 사회가 규정한 '여성성'이 도드라지는 연출을 하지 않는 것이다. 화장은 최소한으로 줄이고, 무표정하든 개구쟁이처럼 웃든 누구도 뭐라 하지 않는다. 모델 동의하에 브래지어를 하지 않고 유두 윤곽이 그대로 드러난 채로 사진을 찍었을 때도 고객들은 거리낌 없이 받아들였다. 오히려 탈유브라 했을 때 핏을 참고할 수 있다며 좋아했다. 그래서인지 모델도 한층 더 편하게 촬영에 임하는 것 같다.

홈페이지에 올릴 사진을 고를 때도 성적 대상화로 보일 가능성이 있는 사진은 무조건 배제하고 있다. 특히 드로즈 착용컷은 이너웨어 제품이다 보니 어쩔 수 없이 몸의 윤곽이 도드라지고 노출도 있었는데, 어떻게 하면 성적 대상화를 하지 않고 드로즈 사진을 고객들에게 보여줄지 고민을 많이 했다. 참고할 만한 자료를 찾는 것도 쉽지 않았

다. 다행히 드로즈 길이가 3부 반바지 기장이었고 상의가 엉덩이를 덮을 정도로 길었기 때문에 얼핏 보면 이너웨어 사진이 아니라 일반 캐주얼 사진처럼 보였다.

　사진 편집 작업은 전에 비해 훨씬 수월했다. 몸매 보정을 거의 하지 않으니 배경에 있는 오염이나 옷에 묻은 먼지를 지우는 정도면 충분했기 때문이다. 문제는 썸네일이었다. 퓨즈서울 홈페이지에서 하듯 제품이 잘 보이는 드로즈 사진을 썸네일로 설정해두니, 여러 쇼핑몰의 제품을 모아서 보여주는 쇼핑앱에서는 묻히는 느낌이 강했다. 검색해보면 알겠지만 타 업체의 썸네일은 골반 라인이나 엉덩이 라인이 부각되는 사진이 많다. 머릿속으로는 성적 대상화된 사진들이란 걸 잘 알고 있지만, 나만 빼고 모두가 그런 사진을 썸네일로 걸어둔 걸 보니 초초해졌다. 뭔가에 홀린 듯 나도 골반이 부각되는 사진을 골라 골반을 키우고 허벅지를 줄이는 보정을 하고 있었다. '이 정도 사진이면 다른 업체에 밀리지 않겠지?'라는 생각에 빠져 있다 갑자기 정신이 번쩍 들었다. 내가 지금 뭐 하는 거지? 이게 뭐 하는 짓이야? 정신 차려!

　온라인몰에서는 썸네일 사진이 굉장히 중요하다. 온라인 쇼핑몰의 웹디자이너들은 썸네일 조회 수가 낮은 상품의 조회 수가 잘 나올 때까지 썸네일을 바꾸기도 한다.

과거의 나 역시 이런 분위기에서 자유롭지 못했다. 내가 드로즈 썸네일로 설정한 사진은 디자이너 입장에서 볼 때 베스트컷은 아니다. 타 업체의 드로즈 썸네일에 비해 눈길을 확 끄는 것도 아니다. 얼핏 보면 반바지를 입은 듯한 평범한 사진이라 판매 오픈 전까지 조마조마했다.

그런데 그 걱정이 무색하리만치 소비자 반응이 너무 좋았다. 노골적인 썸네일들 속에서 당당히 판매 1위에 오른 퓨즈서울 드로즈 사진을 보며 뿌듯하기까지 했다. 속옷 사진을 이렇게 평범하게 찍어도 제품 스펙이 좋으면 판매가 잘될 수 있다는 것을 보여준 증거였다. "처음엔 퓨즈서울이 왜 ○○쇼핑앱에 입점했는지 이해가 안 됐는데, 다른 업체 사진들과 비교해보니까 이해가 됐다"라는 반응까지 나왔다.

사진을 편집할 때 보정을 거의 하지 않는 건 쇼핑몰 쪽에서는 매우 드문 일이다. 모델을 깡마르게 보정한다거나 원래는 펑퍼짐한 옷인데 라인을 넣어 실제와 다르게 바꾸기도 한다. 온라인 쇼핑몰에서는 사진 한 장으로 판매가 좌우되기 때문에 업체는 제품의 질보다는 사진에 더 신경을 쓴다. 내가 과거 운영했던 쇼핑몰 역시 사진에 엄청난 공을 들였다. 화려한 소품과 액세서리로 잔뜩 꾸민 모델을 인형처럼 세워뒀고, '사진이 예쁜 쇼핑몰'로 유명해졌다. 그래서 퓨즈서울 촬영 콘셉트 회의를 할 때 제품에 집중하는 깔끔한 사진을 찍겠다고 못 박고 시작했다. 제품 퀄리티에 자신 있으니 애써 화려한 연출 뒤로 감출 필요가 없었다.

제품에 초점을 맞춘 사진을 찍는다 해도 모델이 중요한 건 변함이 없다. 퓨즈서울이 지향하는 바를 잘 드러낼 수 있는 모델을 찾는 게 쉽지만은 않다. 정말 감사하게도 많은 분이 모델로 서고 싶다고 연락을 주시지만, 대부분 마르고 키가 큰 분들이다. 한국 여성의 평균 키를 고려했을 때 170cm 미만에 머리가 짧고, 미용 체중이 아닌 표준체중인 분들을 모시고 싶다. 직업 모델이 아닌 분들과도 작업하고 싶다는 게 나의 바람이나 카메라 앞에서 자연스러운 포즈와 표정을 취하는 건 또 다른 문제다. 그래서 지금도 모델을 계속 찾고 있다. 혹시라도 이 책을 보는 분들 중에서 키 170cm 미만이고 머리가 짧고 너무 마르지 않은 체형에, 카메라 앞에서 포즈와 표정을 능숙하게 취할 수 있는 분이 있다면 망설이지 말고 연락 주시길 바란다. 다양한 매력을 가진 분들과 함께할 수 있길 퓨즈서울은 언제나 기다리고 있다.

여성세

단추가 왼쪽에 있다는
이유만으로

여성복과 남성복을 구분하는 대표적 요소 중 하나는 단추 방향이다. 남성복은 보통 단추가 오른쪽에, 여성복은 왼쪽에 달려 있다. 이렇게 여남 옷 여밈이 다른 데는 '여성들이 모유 수유를 할 때 오른손으로 단추를 쉽게 풀 수 있도록 단추가 왼쪽에 있다' '과거 남성들이 허리춤의 칼을 뽑을 때 상의에 걸리지 않도록 단추가 오른쪽에 있다' 등등 설만 무성할 뿐 명확한 이유는 알려지지 않았다.

　　나 역시 지금의 단추 방향에 익숙해졌기 때문에 여밈에 딱히 신경 쓰지 않았다. 그러던 어느 날, 기존에 거래하던 재킷 공장이 문을 닫아서 다른 남성복 재킷 공장을 찾아가게 됐다. 판매 중인 재킷은 여성복에서는 볼 수 없는 남성복의 기능을 다 넣은 제품이라 남성 재킷처럼 보였지만, 여밈은 여성용 방향 그대로였다. 공장에서는 여밈 위치를 확인하더니 '여자 재킷'인지 물었다. 별 생각 없이 '그렇다'고 대답하니 대뜸 단가를 2,000원 정도 더 받아야겠다고 하는 것이다. 공장 방문 전 미리 작업 샘플을 공유했고, 현장에서 보니 샘플에서 제작 사양이 바뀌거나 추가되는 공정도 없었다. 달라진 건 하나였다. 공장에서 이 제품이 '여성용'이란 걸 알게 된 것.

'여성용'이라는 단어가 붙는 순간 2,000원이 오르는 마법. 어이가 없어 이유를 물으니 "남들도 여성용 공임은 더 받으니 우리도 더 받아야겠다"는 식이다. 결국 다른 공장을 찾아 단가 상승 없이 재킷을 제작했다. 이런 불쾌한 경험을 한 이후로 재킷을 제작할 때 가급적이면 단추를 오른쪽에 단다. 여성용 방향으로 제작하는 경우에는 절대 여성용 재킷임을 밝히지 않고 키작남 브랜드라고 둘러댄다.

2,000원의 차이는 여성복이 차별의 의복이라는 것을 의류업계 종사자들이 스스로 인정한 것과 다름없다고 본다. <원단 및 원단 가공(1)> 편에서 언급했듯, A 브랜드의 여성용 슬랙스가 남성용 슬랙스보다 2,000원이나 비쌌던 사례도 같은 맥락 아닐까?

불합리한 여성세는 제작 단계에서만 붙는 게 아니었다. 하루는 옷장 정리 겸 옷을 한가득 들고 동네 프랜차이즈 세탁소에 방문했다. 집과 가깝기도 했고, 무엇보다 셔츠 세탁비가 1,000원대로 상당히 저렴한 곳이었다. 세탁소

사장님께선 옷들을 훑어보시더니 내가 입는 옷이냐고 물으셨다. 그렇다는 내 대답에 다른 건 몰라도 와이셔츠 세탁비는 2,000원대로 받아야 한다며 가격을 높이셨다. 놀란 나는 와이셔츠 세탁비는 1,000원대로 알고 왔는데 왜 갑자기 비싸게 부르시는지 물었다. 사장님은 여자 와이셔츠는 남자 와이셔츠랑 달라서 기계 세탁이 안 되기 때문에 더 비싸다고 했다. 내가 가져간 와이셔츠는 남성복 공장에서 봉제된 것이고, 단추 방향도 남성복과 같았고, 심지어 원단도 남성 와이셔츠 원단으로 제작한 것이기에 일반적인 남성 셔츠와 다를 게 없었다. 유일한 차이는 착용자가 여성이라는 점뿐이다.

의류업계에 여성복에 대한 차별이 만연한 것은 알고 있었지만, 세탁에까지 차별이 있을 거라고는 상상조차 못했기에 어안이 벙벙했다. 혹시나 해서 같은 프랜차이즈의 다른 지점에 찾아가 "혹시 여성용 셔츠와 남성용 셔츠의 세탁비가 다르냐"고 물었더니 역시나 '그렇다'는 대답이 돌아왔다. 첫 번째 지점에서는 "남성 셔츠는 어떤 브랜드 제품이든 사이즈나 제품 퀄리티가 비슷해서 기계 세탁과 기계 다림질 같은 자동화 공정이 가능하다. 그러나 여성복은 브랜드마다 사이즈가 다르고 제품이 얇고 쉽게 찢어지기 때문에 자동화 공정이 불가하여 가격이 다르다"는 답변을 받았다. 두 번째 지점에서는 "남성용 셔츠 세탁비는 서

비스 가격으로 다소 저렴한 것"이라는 답변을 받았고, 프랜차이즈 본사 고객 센터에서는 첫 번째 지점과 유사한 답변을 내놓았다.

뒤집어 생각하면 남성복은 세탁부터 다림질까지 자동화 시스템이 갖춰졌을 정도로 제품 규격화가 잘되어 있지만, 여성복은 그렇지 않다는 뜻이었다. 여성용 셔츠는 '얇고 찢어지기 쉬운' 소재로 만들어진다는 사실을 공식화한 셈이기도 했다. 황당한 일은 이게 끝이 아니다. 같은 프랜차이즈의 다른 지점에 가서 그 와이셔츠를 '남동생' 옷이라 말하면서 세탁을 맡겼더니 세탁비를 1,000원대로 받았다.

결론은 명백하다. 어떤 '성별'이 입는 옷이냐에 따라 의류를 제작하는 비용부터 세탁하는 비용까지 달라지는 게 우리의 현실이다. 낯부끄러운 의류업계의 민낯이 점차 드러나며 온라인상에서는 "이제 여성복을 입지 말고 남성복을 입자"라는 목소리가 들리기 시작했다. 개개인이 겪은 성차별 경험이 공유되고 불매 업체 리스트도 돌았다.

이처럼 여성복을 바라보는 사람들의 시선이 바뀌며 곳곳에서 문제 제기가 일어나고 있는데, 여성 죄수복(수의)도 그중 하나다. 평생 죄수복을 입을 일도 없을 사람들이 분노하는 모습이 이상한가? 그렇다면 여성 수감자 옷에 라인이 필요한 이유는 뭔가? 뻔하다. '여성이 입는 옷'이라서 넣었을 것이다. 특정 의복의 목적과 기능을 무시하고 불필요한 라인이나 장식을 넣는 사례는 죄수복에 그치지 않는다. 간호사복도 그렇고, 의사 가운도 예외는 아니다.

스포츠 유니폼도 빼놓을 수 없다. 여성 스포츠 유니폼은 대부분 타이트하고 하의 기장이 짧다. 특히 배구 유니폼은 여남 차이가 한눈에 보일 정도로 그 차이가 뚜렷하다. 현재 한국배구연맹(KOVO)의 복장 규정은 개정된 상태이나 개정 전 남성 유니폼 하의는 "허리와 길이는 헐렁하거나 느슨하지 않아야 한다"는 조항을, 여성 유니폼 하의는 "허리와 길이는 타이트해야 하며 몸선에 맞아야 한다. 반바지 스타일(치마바지)이거나 골반 쪽으로 파인 삼각형 모양이어야 한다"는 성차별적인 조항을 적용받았다. 복장 규정이 개정되었음에도 여자 배구 유니폼 하의는 여전히 짧고, 팬들의 민원 또한 끊이지 않고 있다.

운동복

마땅한 운동복이 없어
운동을 못 한다는 핑계

코로나19로 활동에 제약이 생기자 체중이 늘고 몸이 둔해 졌다. 몸이 '운동을 하라'는 신호를 보내왔지만 애써 외면 했다. 변명을 해보자면 "운동할 때 입을 마땅한 운동복이 없어서"였다. 누군가는 핑계라고 하겠지만 운동할 때 뭘 입어야 할지, 어떤 걸 사야 할지 정말 막막했다. 운동복을 사러 매장에 가면 상의는 전부 크롭티에 하의는 레깅스뿐 이라 거부감이 컸던 걸지도 모르겠다. 그러다 시간이 지 날수록 몸이 아파서 정말로 살기 위해 운동을 하기 시작 했다. 여전히 운동복으로 뭘 입을지 몰랐던 터라 여러 브 랜드 매장을 돌면서 운동복을 살펴봤는데, 배운 게 옷이라 자연스럽게 새로운 운동복을 만들어보고 싶다는 생각이 들었다.

개인 트레이닝을 받으면서 운동복 공부도 병행하니 운동이 더 재밌어졌다. 역시나 운동복에도 여남 옷 차이가 크다는 사실에는 분노가 일었지만 말이다.

가장 유명한 해외 A 브랜드 지점들을 돌면서 제품을 비교해봤는데 여성용은 하의 주머니 개수가 현저히 적었다. 간혹 주머니가 세 개 정도 되는 제품이 보이긴 했으나, 비슷한 스펙의 남성용 바지는 7~8만 원대인 반면에 여성용은 12~13만 원대로 가격 차이가 많이 났다. 그리고 여성용 하의는 타이트한 핏의 제품이 90% 이상이었으나 남성용은 타이트한 제품이 더러 보이긴 해도 활동성과 기능성에 집중한 여유 있는 제품이 다수였다.

젠더리스를 표방하는 해외 B 브랜드의 여남 옷 차이가 그나마 덜했는데 대부분의 제품이 여남 공용으로 제작되었기 때문이다. 한 제품 안에서도 사이즈가 다양하게 출시되었고, 사이즈가 작아질수록 여성이 착용하기 편하도록 여밈 방향을 바꾼 제품도 있어 감탄했다. 그러나 이곳에서도 여성용으로 제작된 하의는 타이트한 레깅스가 주를 이뤘으며, 남성용 하의는 슬림한 조거팬츠가 많았다. 마음에 드는 남성용 조거팬츠를 발견해 입어보니 핏과 착용감 모두 좋아서 구매하려 했다. 그 순간 나를 본 매장 직원이 다가왔다. 내가 시착한 팬츠와 동일한 제품인데 여성분들이 많이 구매해서 '여성용'으로 재출시된 것이 있으니 입어보라며 권했다. 겉모습만 봤을 땐 디자인이나 사이즈가 엇비슷해 보였으나 남성용에서 여성용으로 재출시되면서 뒷주머니가 없어졌고 가격도 15,000원 정도 올랐다. 분명 같은 원단에 패턴만 여성에 맞게 수정했을 것이고 심지어 뒷주머니까지 없어졌는데 가격이 왜 더 높아졌는지 의문이었다. 자세히 살펴보니 남성용 팬츠의 종아리에 있던 리플렉티브 테이프(빛을 받으면 반사하는 테이프. 안전 목적으로 어두운 계열의 운동복에는 대부분 들어간다)가 여성용에서는 사라졌다.

겉으로는 젠더리스 혹은 여성주의를 내세우며 '여성을 위한 제품'을 만드는 것처럼 광고하지만 여성세의 흔적을 쉬이 지울 수 없었다.

운동복을 살펴볼수록 운동복을 제대로 만들어봐야 겠다는 결심이 뚜렷해졌다. 마음을 먹고 나니 모든 일이 일사천리로 진행됐다. 제작 공장과 미팅을 하며 첫 번째 제품으로 운동복 바지를 정했다. 종아리는 레깅스처럼 타이트하나 허벅지와 엉덩이는 붙지 않아서 자세 교정이 용이한 동시에 입었을 때 민망함을 느끼지 않아도 되는 바지였다. 누군가는 이것을 "성적 대상화 없는 여성용 레깅스 바지"라고 불렀고, 남성복 시장에서는 이미 '러닝 팬츠'라는 이름으로 보급되고 있었다. 제대로 된 여성용 러닝 팬츠를 제작한다면 더 이상 불편하고 민망한 레깅스를 입지 않아도 되는 날이 오지 않을까, 나처럼 레깅스가 부담스러워서 운동을 피하던 이들에게도 도움이 되지 않을까 하는 생각에 신이 나서 일했다.

운동복 바지는 일반 바지와 다르게 각 신체 부위마다 다른 원단을 사용하는 점이 가장 큰 차이다. 예를 들면 땀이 많이 나는 쪽에는 매시 원단을 덧대서 땀 배출이 용이하게 하는 식이다. 퓨즈서울의 운동복 바지 역시 종아리 쪽에는 매시 원단을, 바지 인심(다리 안쪽) 부분에는 쿨링 원단을 덧대어 운동을 하는 동안에도 쾌적함을 느낄 수 있게 했다. 앞주머니 입구에는 지퍼를 달아서 격렬한 운동 중에도 소지품이 빠지지 않게 신경 썼고, 바지 뒤쪽에도 포켓을 넣어 로커 열쇠나 카드 같은 작은 소지품을 넣을 수 있게 디자인했다. 종아리 바깥 부분에는 지퍼를 달아 다양한 체형의 고객분들이 착용할 수 있도록 했고, 리플렉티브 테이프를 부착해 야간 운동에도 적합하게 제작했다.

퓨즈서울에서 제작한
운동복 바지 디테일

이 모든 요소들은 전혀 새로운 게 아니다. 시중에 판매되고 있는 남성용 스포츠웨어들이 갖추고 있는 기본적인 요소이다. 여기에 XS부터 XXXL까지 총 일곱 개의 사이즈에 기장을 9부와 10부로 나눠서 총 열네 개 옵션으로 출시했더니 주변에서 깜짝 놀랐다. 내가 이를 갈고 이번 제품을 만든다는 건 알고 있었지만 사이즈 옵션이 열네 개나 될 줄은 상상도 못 했던 것이다. 심지어 가격은 스포츠 브랜드 제품의 절반 수준이었으니까.

이때 심리스 브라탑(브라톱)과 심리스 민소매 브라탑도 같이 출시했다. 나는 원래 '심리스(테이프에 열처리를 하여 마감하는 무봉제 방식. 몸에 밀착되는 속옷에 주로 사용된다)' 제품에 대한 불신이 아주 컸다. 몇 년 전 심리스 제품이 여러 브랜드에서 출시되었을 때 나 역시 심리스 제품으로 유명한 브랜드에서 2만 원대 심리스 브라탑을 서너 개 구매했다. 착용감은 이루 말할 수 없이 편했지만 세탁 한 번에 열처리한 봉제 테이프가 너덜거리면서 그야말로 걸레짝이 됐다. 충격이었다. 그래서 그 이후부터는 심리스 제품을 쳐다보지도 않았다.

그러다 우연히 한 심리스 전문 공장을 알게 되었고, 그 공장에서 보내준 샘플을 6개월간 착용해보면서 심리스에 대한 편견이 완전히 깨졌다. 편한 건 둘째 치고 세탁기에 돌려도 제품이 멀쩡했다. 나는 일부러 6개월 동안 한 벌의 심리스 브라탑으로 매일 세탁해서 입었는데, 색이 조금

변한 것 빼고는 변형이 없었다. 과거보다 심리스 기술이 발전한 이유도 있을 것이다. 원단도 흡한속건으로 빠르게 말랐고, 브라탑 패드는 매우 얇고 통풍 구멍까지 뚫려 있어서 여름에도 입기 좋았다.

나는 브래지어를 반대하는 사람이지만, 사회생활을 하거나 특히 옷차림이 얇아지는 여름에는 불가피하게 브래지어를 할 수 밖에 없는 상황이 온다. 그럴 때 이 심리스 브라탑을 입으면 그나마 덜 힘들지 않을까라는 생각이 들었다. 그래서 가능한 한 여러 연령대의 여성분들이 착용할 수 있게끔 사이즈 폭을 최대로 넓혔다. 브라탑은 예외적으로 XXS 사이즈도 만들었는데 10대들을 염두에 두고 제작했기 때문이다. 한창 자랄 시기에 와이어 브래지어를 하는 게 얼마나 괴로운 일인지 나 역시 경험으로 잘 알고 있다.

몸을 옥죄지 않는 브라탑을 만들면서 내 나이 서른이 가까이 되어서야 이런 속옷을 만나게 되었다는 사실에 억울해졌다. 더 많은 분들이 자유로운 속옷을 쉽게 경험하실 수 있도록 판매가를 9,900원으로 설정했는데 예상대로 소비자 반응이 정말 좋았다.

러닝 팬츠와 브라탑 2종 출시일이 같아 동시에 제품 촬영을 진행했다. 모델은 일찌감치 눈여겨보고 있던 축구 선수 전가을 님을 섭외했고, 콘셉트는 땀 냄새 풍기는 역동적인 스포츠 화보였다. 시중의 여성 스포츠웨어 사진에서 흔히 볼 수 있는 풀메이크업 모델의 까치발 든 포즈와는 정반대였다.

제품 스펙도 좋고, 화보도 잘 나왔다. 그런데 예상치 못한 공장장님의 건강 문제로 러닝 팬츠 제작 일정이 밀리게 되면서 구매자분들이 두 달 정도 기다려야 하는 사고가 발생했다. 배송 지연이 이렇게까지 길었던 적은 처음이라 너무나 당혹스러웠다. 고객분들께 계속해서 배송 지연 안내를 하고 양해를 구했지만 공장을 제대로 핸들링하지 못했다는 자책감에 괴로웠다. 그런데 배송 시작까지 약 두 달의 시간이 걸렸음에도 불구하고 취소율이 극히 낮았다. 고객 서비스 담당자 말로는 배송 지연으로 인한 취소율이 5%가 채 안 될 거라고 했다. 배송 지연 때문에 화를 내는 분도 계셨지만 많은 분들이 참고 기다려주셨다.

사실 두 달을 기다려 물건을 배송받는 건 국내 의류업계에서는 매우 이례적인 일이다. 의류는 대체품이 많기 때문에 먼저 구매한 곳에서 배송이 지연되면 취소하고, 비슷한 제품을 다른 곳에서 구매하는 경우가 잦기 때문이다. 그러나 우리가 제작한 제품은 오직 퓨즈서울에만 있고 대체품이 없었다. 그래서 고객분들은 오랜 시간 우리 제품을 기다린 것이다. 정말 감사하면서도 슬펐다.

편안하고 실용적인 여성복을 만드는 것은 허황된 꿈

이나 판타지가 아니다. 약간의 패턴 수정만 거치면 된다. 그렇기에 말도 안 되게 불편한 여성복을 보면서 사실은 내가 트루먼쇼의 주인공이 아닐까라는 엉뚱한 생각도 한다. 나는 쇼 안에서 불편한 여성복을 점차 개선하는 진행자이고, 쇼 바깥으로 나가면 여성복과 남성복이 동등하게 제작되고 있는 세계가 있는 게 아닐까.

생각들

어린+여성+페미니스트
사업가

퓨즈서울을 운영하는 몇 년 사이 그 어느 때보다 시대의 흐름이 급격히 바뀌고 있음을 체감하고 있다. 많은 여성들이 비혼을 외치고 주식을 공부하며 가부장제로부터 독립할 수 있는 능력을 갖추기 시작했다. 사업에 눈을 돌리는 사람도 많아졌지만, 나는 자신의 사업을 운영하는 여성들이 지금보다 더 많아져야 한다고 생각한다.

내가 사업을 처음 시작한 2016년 무렵, 대학 동기 중 사업을 하는 친구들은 나를 제외하고 모두 남자였다. 성별을 떠나 20대에 사업을 한다는 것 자체가 쉽지 않은 일이었지만, '어린 여성'이 사업을 한다는 건 더더욱 쉬운 일이 아니었다. 내가 기댈 수 있었던 건 나보다 앞서 나가는 여성 패션 CEO들의 발자취였다. 인터넷 의류 쇼핑몰에서 시작해 화장품으로 사업을 확장하고, 뚫기 어려운 중국 시장까지 장악한 '스타일난다'의 김소희 대표님, 10대 때부터

지방과 서울을 수없이 오가며 지금의 빅사이즈 의류 시장을 만든 '육육걸즈'의 박예나 대표님. 두 분은 남들이 쉽사리 도전하지 않은 길을 걸었고, 결국엔 성공해냈다. 이분들의 창업기는 패션계에 전설처럼 내려왔고, 나 또한 그들처럼 '세계적인 CEO가 될 거야'라는 희망 하나로 여기까지 왔다. 막연한 도전처럼 보였던 퓨즈서울이 지금에 이르게된 건 이 멋진 롤모델들 덕분이다. 다양한 분야의 여성 롤모델이 필요한 이유다. 부디 이 책을 읽는 여러분들이 누군가에게 롤모델이 되어주길 바란다.

어린 여성이라는 정체성에 더해 페미니스트라는 타이틀을 달고 사업을 하는 건 양날의 검과도 같다. 끊임없는 검열을 받는 동시에 한편으로는 많은 여성들의 연대를 느낀다. 나도 사람인지라 처음에는 연대보다는 검열이 더 심하다고 느꼈다. 잘못 하나에 수많은 질타가 따라오는 듯했다. 그러나 되돌아보면 그런 검열과 연대를 가르는 종이 한 장 차이의 관심이 있었기에 지금의 퓨즈서울이 그리고 내가 있지 않나 싶다. 꾸준한 관심으로 퓨즈서울을 지지해 주시는 많은 여성분들께 감사의 말씀을 드린다.

꿈을 이룬다는 것은 거창한 것이 아니다. 이루고자 하는 바가 있으면 미루지 말고 지금 바로 행동으로 옮기는 시도만으로 남들보다 꿈에 한 발짝 더 가까이 다가설 수 있다. '내가 하는 생각은 남들도 다 할 텐데' 같은 생각이 들면 기억하자. 생각은 누구나 하지만 실천하는 사람은 단 1%뿐이라는 것을. 내가 만약 '퓨즈서울을 운영해야지' 하고 생각만 했다면 여남 공용 쇼핑몰의 선두를 이끄는 CEO 의 성별은 분명 남성이었을 것이다.

사업을 하기로 마음먹었다면 뉴스와 신문 그리고 여론을 항상 주시해야 한다. 어떤 분야에 돈이 몰리는지, 어떤 분야가 몰락해가는지 살피는 게 중요하다. 나는 매일 짬짬이 시간을 내어 포털 사이트 메인에서 뉴스를 읽는다. 마음에 드는 매체가 있으면 온라인 구독을 해서 이메일로 뉴스를 받기도 한다. 처음이 어렵지 한번 습관을 들이기 시작하면 기사 읽기가 참 재밌다. 어떤 사건이 대서 특필되는지에 따라 의류 시장도 상당한 영향을 받는다. 중국의 동북공정을 다루는 기사와 이에 분노하는 여론이 등장하면서 우리 전통문화를 지켜야 한다는 흐름 역시 강해지기 시작했다. 나는 이러한 흐름 속에서 생활한복을 눈여겨봤고, 생활한복을 일상복으로 출시했다. 그냥 출시한 게 아니라 기존 생활한복에 대한 의견들을 수렴한 후 불필요한 라인을 없애고 활동성을 높인 생활한복을 합리적인 가격에 내놓았다.

출시 전에는 공장 사장님도, 지인들도 "요즘 생활한복 입는 사람이 어디 있냐"며 하나같이 회의적인 반응을 보였다. 그도 그럴 것이 생활한복 시장 자체가 크지 않았기 때문이다. 그러나 그동안의 여론 추이를 봤을 때 소비자 반응이 좋을 거라 예상했다. 내 예상은 틀렸다. 반응이 그냥 좋은 게 아니라, 오픈 당일 하루 매출 2억 5,000만 원을 달성했다.

생활한복을 선보인 날, 역사 왜곡 논란이 일었던 드라마가 화두에 오르며 더 큰 이목을 끌었다. 내가 만약 뉴스를 보지 않고 동북공정 논란도 몰랐더라면 주변의 반대를 무릅쓰며 적기에 생활한복을 출시할 수 있었을까? 결국 사업이란 사람들이 원하는 것을 파악하고 적절한 타이밍에 제품화하는 일인데 이 일의 기초에는 언제나 정보가 있다.

그동안 퓨즈서울에서 진행한 프로젝트는 혼자만의 힘으로 이룬 것이 아니다. '여성' 외주 작업자분들의 도움이 있었기에 가능했다. 퓨즈서울을 운영하면서 여러 분야의 프리랜서들을 만나고 있는데, 깜짝 놀랄 정도로 실력이 뛰어난 분들이 많다. 수십 년 경력의 재봉사 이모님들의 급여가 턱없이 낮은 것처럼 실력에 맞는 평가를 받지 못하는 여성 창작자들이 너무나 많다는 사실에 놀랐다.

사업하는 친구들과 만나면 항상 하는 이야기가 있다. 여성 창작자들과 스튜디오를 차려 다양한 여성 서사 콘텐츠를 만들자고. 이는 결코 먼 이야기가 아닐 것이다.

의류
IP 사업

퓨즈서울의
가까운 미래

2020년부터 콜라보레이션을 진행하면서 특정 콘텐츠에 몰입하는 수많은 독자가 콘텐츠 관련 상품에 굉장히 목말라 하고 있다는 것을 알게 됐다. 흔히 말하는 굿즈 또는 MD 제품인데, 콘텐츠 이해도가 높은 독자들은 항상 굿즈에 대한 갈망을 느낀다. 오죽하면 독자들끼리 모여 비공식 굿즈를 제작해 나눠 가질까. 나는 이 독특한 문화를 바라보며, '한정적이고 특별한 서사가 담긴 제품에 열광하는 MZ 세대'라는 내 나름의 결론을 내렸다.

　한 발 더 나아가 여성 사업가의 관점에서 보자면, 이 문화는 여성 크리에이터에 의해 여성 소비자가 집결하고 다시 여성 고용 창출로 이어지는 선순환 구조를 이루고 있었다. 여성 중심의 콘텐츠를 더욱 관심 있게 지켜보게 된 이유다.

　본격적으로 IP(intellectual property, 지식재산권) 사업

을 진행해보기로 했다. 콘텐츠 IP를 구매하고 해당 콘텐츠 고유의 세계관을 활용하여 의류에 접목하는 것이다. 의류 IP 사업제안서를 작성해 여러 업체에 보냈지만 역시 쉽지 않았다. 우리 회사가 너무 작기도 했고 아직은 의류 IP 사업에 대해 회의적인 분위기가 강했기 때문이다. 의류 MD 제품이라고 하면 소위 '일코(일반인 코스프레)'를 할 수 없기 때문에 평소에는 입기 어려워 의류 MD 시장은 그 규모가 크지 않았다.

그러다 A사에서 회신이 왔는데, 내가 보낸 의류 IP 사업제안서를 굉장히 흥미롭게 봤다고 했다. 코로나로 인해 대면 미팅은 못 하고 계속 메일만 주고받다가, A사에서 자신들이 가지고 있는 콘텐츠를 활용해 콜라보레이션을 진행해보자고 했다. 내게는 절호의 기회였다. A사와의 콜라보레이션을 계기로 분명 한 단계 더 도약할 수 있을 거라는 믿음이 있었다.

A사가 권리를 가지고 있는 콘텐츠 중 여성 작가가 작업한 여성 중심 서사의 웹툰 작품과 콜라보레이션을 하고 싶다고 답했다. 약 6개월에 걸쳐 꼼꼼하게 준비했는데, 단순히 의류를 만드는 데 그치지 않고 웹툰의 서사를 현실 세계로 끌어들이고자 했다. 랜선 오디션을 열고 영상 콘텐츠를 제작한 것 역시 독자들의 몰입도를 높이기 위한 아이

디어였다.

의류에 캐릭터를 인쇄해서 판매하는 것은 누구나 할 수 있다. 그렇기에 나는 원작 세계관과 현실 세계를 이을 수 있는 징검다리 역할을 하는 데 더욱 집중했다. 독자들이 원작의 세계관에 더 몰입할 수 있게 도와주는 것인데, 이를 통해 우리는 의류 판매량을 높일 수 있고 원작은 더 단단한 세계관을 구축할 수 있다. 따라서 특정 콘텐츠와 콜라보레이션을 진행하려 할 때 사람들이 그 콘텐츠에 열광하는 이유가 무엇인지, 어떤 스토리와 세계관이 존재하는지 전부 살펴봐야 한다. 시간이 많이 걸리는 일이지만 원작 서사와 긴밀히 연결된 2차 콘텐츠를 만들어내려면 이 과정은 필수다.

본격적으로 하는 IP 작업이기도 했고 제안에 응해준 A사를 실망시키고 싶지 않은 마음도 컸기에 최선을 다했다. 결과적으로 별다른 마케팅 비용을 지불하지 않고도 A사 웹툰 의류로만 일주일 만에 1억 가까운 매출이 나왔다. 판매 데이터를 보고 A사 담당자도 나도 놀랐는데, 잘 만들어진 의류 MD 제품의 가능성을 보여주는 결과였다.

2021년 초에 작년 매출을 결산해보니 매출 대비 순이익률이 무려 15% 정도였다. 제품 마진율 자체는 높지 않은데 마케팅 비용을 거의 쓰지 않는 편이라 순이익률이 높게 나왔다. 이 수익금으로 무엇을 해볼까 고민을 많이 했으나 기부를 하자니 믿을 만한 기부처를 찾는 게 생각보다 쉽지 않았다. 그래서 여성들을 위한 오프라인 공간을 만들어보는 쪽으로 방향을 바꿨다.

　이름하여 '퓨즈 스테이션' 프로젝트인데 멀지 않은 시기에 '여성 전용' 오프라인 공간을 운영하려 한다. 오프라인 공간과 커뮤니티의 필요성을 절실히 느끼게 된 데는 코로나의 영향이 컸다. 코로나19로 인해 각자의 집에서 고립되어가는 2030 여성들이 아주 많다는 것을 알게 되었기 때문이다. 이 세상에 자신과 같은 여성들이 아주 많다는 것을, 그리고 그 여성들이 함께 무언가 할 수 있다는 것을 피부로 느낄 수 있는 오프라인 공간이 그 어느 때보다 절실한 상황이다.

　수익성만 따지고 봤을 땐 오프라인 공간이 고수익 모델은 아니다. 그러나 퓨즈 스테이션을 통해 퓨즈서울을 더 널리 알리고, 여성 창작자와 활발히 협업하며, 나아가 여성 고용 창출까지 이뤄내는 완벽한 선순환 구조를 만들고 싶다. 퓨즈서울의 행보를 지켜봐주시길 부탁드린다.

201

에필로그:
내가 이러한 차이점들을 알고 지향하는 바

여성복 쇼핑몰 리뷰를 읽다 보면 "제값 하는 것 같진 않아요" 같은 반응을 자주 보게 된다. 큰맘 먹고 5만 원짜리 셔츠를 샀는데 도착한 제품을 만져보면 2만 원도 아까운 경우가 적지 않다. 실제로 여성복 쇼핑몰을 운영할 때 직원과 가장 많이 했던 말이 "이게 도매가 〇〇원이라고?"였다. 너무 얇아서 조금만 힘을 줘도 찢어질 것 같은 블라우스 도매가가 3만 원이면, 소비자는 4~5만 원쯤 할 것이다. 제품의 퀄리티와 맞지 않는 어처구니없는 가격이 정말 싫었다.

퓨즈서울 대표로서 내가 바라는 건 단순하다. 5만 원짜리 제품을 팔면 그것을 구매하는 소비자도 5만 원의 값어치를 느끼길 바란다. 그래서인지 퓨즈서울 제품 후기 중에는 "사기 전엔 비싸다고 생각했는데, 막상 받아보니 그

가치를 하네요" 같은 글이 심심치 않게 보인다. 그 어떤 말보다 이 한마디가 나를 기쁘게 한다. 이 말은 여성세 없이 적당한 가격에 꽤 괜찮은 퀄리티의 제품을 판매하고 있다는 증거니까.

합리적인 가격과 퀄리티로 옷을 판매하는 건 어려운 일이 아니다. 소기업인 퓨즈서울도 하고 있으니 대형 SPA 브랜드에서는 누워서 떡 먹기 수준일 것이다. 그런데도 여성복 시장에서 적당한 가격대에 믿을 만한 퀄리티를 선보이는 브랜드가 없는 이유는 간단하다. 이건 그냥 소비자 기만이다. 퓨즈서울을 이용하는 많은 분들이 놀라워하는 의류 디테일들은 여성복에서나 새로울 뿐이지 의류업계에서는 전혀 새로운 것이 아니다. 쉽게 말해 능력이 없어서 못하는 게 아니라 안 하는 것이다.

퓨즈서울의 목표는 탈코르셋을 지향하는 의류를 판매하는 것이지만 궁극적인 목표는 여성복의 판도를 바꾸는 것이다. 한두 번 입고 찢어지거나, 타이트한 라인이 몸을 가두거나, 드라이클리닝으로만 관리해야 하는 의류는 일상복으로서 존재 이유가 없다. 남성복과 동일한 혹은 남성복보다 더 좋은 퀄리티와 기능을 가진 의류들이 많아져야 한다. 제대로 만들어진 의류를 가까이 접하고 착용해본 경험이 쌓일수록 여성들이 옷을 고르고 소비하는 기준 역시 달라질 거라 생각한다. 그동안 여성의 눈을 가리고 저급한 의류를 판매해온 업체들은 사회의 변화를 읽고 지금부터라도 제작 방식을 바꿔야 한다.

의복사를 읽으면 '저렇게 불편한 코르셋이 어떻게 500년이나 유행했을까?' 하는 의문이 자연스레 든다. 코르셋은 '유행'이란 이름을 달고 사람들에게 교묘히 스며들었다. 유행을 따르는 건 본인의 뜻이고, 그 누구도 강요하지 않는다고 쉽게 말할 수도 있겠지만 유행은 개개인이 쉽게 피해 갈 수 있는 것이 아니다. 영국의 심리학자 존 플루겔은 유행에 대해 이런 말을 남겼다. "유행은 이해하는 것이 아니라 복종하는 것이다." 유행의 본질을 정확히 꿰뚫는 문장이다.

불합리하고 차별적인 여성복을 소비해온 것은 본인 탓이 아니니 너무 자책하지 않기를 바란다. 사회가 규정한 구조 속에 있으면 강아지 옷만 한 크롭티도 이상해 보이지 않는다. 오랜 시간 옷을 좋아하고 전공한 나 또한 여성복에서 한 발짝 떨어져서야 여성복의 문제점들을 하나둘 발견하게 되었으니 말이다.

도움 주신 분들

이민조 모델
고사리박사
샤크 코치
전가을 축구 선수
신화사 엔터테인먼트